अनन्या

स्वाति जोशी फाटक

BlueRose ONE
Stories Matter

First Published in March 2022

ISBN: 978-93-5611-005-2

BLUEROSE PUBLISHERS
www.BlueRoseONE.com
info@bluerosepublishers.com
+91 8882 898 898

Cover Design:
A D Joshi

Typographic Design:
Tanya Raj Upadhyay

Editor:
Swati Joshi Phatak

Distributed by: BlueRose, Amazon, Flipkart

प्रगतिशील समाज के लिए प्रयासरत

सुलझी विचारधारा को

समर्पित

लेखन के प्रकाशन का प्रथम प्रयास सहज हुआ

आई, बाबा आपके आशीष से

और

विवेक, सूर्य तुम्हारे सहयोग से.

अनया

अनया, कही-अनकही वो बातें हैं जो हमारे आस-पास रोज़मर्रा की ज़िंदगी में ही अनछूई, अबोली सी होती हैं। अनया की कहानियों के किरदारों ने वही बातें कहने की हिम्मत जुटाई है। किरदार सामाजिक मान्यताओं पर सवाल उठाते हैं, चुनौती देते हैं और कभी समझौता करते हुए भी प्रतीत होतें है। एक ओर 'किस्सा ब्रन्च का' की गृहिणियाँ जो अपने आप में सम्पूर्ण व्यक्तित्व होते हुए भी सामाजिक सोच के चलते स्वयं की पहचान के लिए संघर्षरत हैं। दूसरी ओर परंपराओं और स्त्रीवाद के नाम तले हर बात का अंधानुकरण करने की विचारधारा का विरोध करती क्रमश: "रक्षाबंधन" की साक्षी और "वर्दी" की शुभि है। जो स्वयं की सोच पर विश्वास रखते हुए अपने-अपने जीवन में जो उन्हें सही लगता है, वही निर्णय लेतीं हैं। वहीं 'फिरनी' का पुरुष किरदार पितृसत्ता में पले-बढ़े होने से अपने आप को सामयिक नहीं पाता है। बदलती सामाजिक विचारधारा में उसे अपनी भूमिका समझ ही नहीं आ पाती, क्योंकि वह ठीक से परिभाषित ही नहीं हुई है। उन्नतशील विचारधारा का उम्र से कोई सरोकार नहीं, यह बात परिलक्षित होती है "नया बँगला" की प्रभावती के विचारों से। वहीं परिस्थितियों से गढ़ी 'नंदिनी' और स्वयं को स्थापित करने के संघर्ष में 'चित्रकार' का पलाश दोनों के जीवन में स्त्रियों की सुलझी विचारधारा दिखती है। समाज की व्यवस्थाओं को निभाते रहने व इनमें टिके रहने के लिए 'सब कुछ जायज है' की मानसिकता 'पायदान' और 'समझौता' में झलकती है।

स्वाति जोशी फाटक

लेखिका-परिचय

स्वाति जोशी फाटक का यह पहला प्रकाशित कहानी संग्रह है। लखनऊ में जन्मी और इंदौर में पली-बढ़ी स्वाति, विज्ञान की छात्रा रहीं हैं। नब्बे के दशक के पूर्वार्ध में इन्होंने गणित, सांख्यिकी में बी.एस.सी. और इनफॉर्मेशन टेक्नोलॉजी में डिप्लोमा अर्जित किया। कालांतर में एम.बी.ए. की उपाधि भी प्राप्त की। समय-समय पर अपने विचारों को कविताओं, लेखों को विभिन्न मंचों से और नुक्कड़ नाटिकाओं के माध्यम से लोगों तक भी पहुँचाया। स्वाति एक स्वशिक्षित चित्रकार भी हैं और उनके बनाए चित्रों की प्रदर्शनियाँ दिल्ली, जयपुर, गोवा, इंदौर आदि शहरों की नामी-गिरामी कला वीथिकाओं में प्रदर्शित हो चुकी हैं, और कई कला प्रेमियों के संग्रह में सम्मिलित हैं।

अनुक्रमणिका

वर्दी

"स्काड्रन लीडर शुभि दत्ता, विश यू ऑल द बेस्ट इन लाइफ। आय एम श्योर, तुम्हारे जैसी होनहार अफसर जहाँ भी काम करेगी, परचम फहराएगी।"- कहते हुए कमांडिंग अफसर ने शुभि को यूनिट का स्मृति-चिन्ह दिया, जिसे शुभि ने अपने हाथों में लेकर अपने कमांडिंग अफसर को ज़ोरदार सेल्यूट किया, मानो इसके बाद उसे ऐसा मौका नहीं मिलेगा। शायद यह कहीं सच भी था। हालाँकि यह सिर्फ यूनिट का विदाई समारोह था अभी स्टेशन फ़ेयरवेल होना था, जहाँ शुभि औपचारिक रूप से सभी से एक फौजी अफसर के रूप में विदा कहने वाली थी, जिसके बाद उसके नाम के आगे 'रिटायर्ड' शब्द जुड़ जाने वाला था। शुभि के कार्यकाल का एक सप्ताह बचा था, परंतु उसकी यूनिट के कमांडिंग अफसर को मिशन पर जाना था इसलिए यूनिट से फ़ेयरवेल पहले ही दे दिया गया था।

शुभि के वायुसेना में शॉर्ट सर्विस के दस वर्ष पूरे होने के बाद जब उसने आगे परमनेंट कमीशन के लिए आवेदन न कर सेवानिवृत्त होने का निर्णय लिया, तो उसके इस निर्णय से कोई खुश नहीं था। उसकी बैचमेट्स, जो वायुसेना प्रशिक्षण में उसके साथ थी और लगभग सभी ने दीर्घ सेवाकाल के लिए आवेदन कर दिया था, उन्होंने भी उसे बहुत समझाया। वरिष्ठ अधिकारियों ने भी उसे वायु सेना में बने रहने की सलाह दी थी। शुभि ने दस वर्ष के अपने सेवाकाल में हर मोर्चे पर सफलता हासिल की थी। पड़ोसी देश द्वारा हमलों के दौरान दिन-रात अपनी यूनिट के काम पर अनवरत डटी रह कर मिशन को सफल बनाने में अपना महत्वपूर्ण योगदान देते हुए उसने अपनी कार्य-कुशलता, निर्णय क्षमता और सफल टीम लीडर होने का एक

अनुकरणीय उदाहरण सबके सामने प्रस्तुत किया था। शुभि एक होनहार, मेहनती और ईमानदार अफसर थी। प्रत्येक ड्यूटी के लिए सदैव तत्पर शुभि बहुत स्पष्टवक्ता भी थी। फौजी ट्रेनिंग, जो सवाल करने के स्वभाव पर अंकुश लगाती है, शुभि को थोड़ी कष्टदायक प्रतीत होती थी। उसे शुरुआती दौर में वारिष्ठों की डाँट भी खानी पड़ती थी लेकिन अंत में वह अपने काम से सबका दिल जीत लेती थी। यूनिट के कमांडिंग अधिकारी से लेकर स्टेशन कमांडर तक सभी ने उसे फौज न छोड़ने की सलाह दी थी परंतु वह अपने निर्णय पर अडिग थी। "हेलिकॉप्टर यूनिट की सीनियर टेक्निकल अफसर की पोस्ट पर होते हुए भी रिटायर हो रही हो! तुम्हारा भविष्य तो वायु सेना में उज्ज्वल है, क्या कर रही हो?" उसके साथी दोस्त पूछते, शुभि सिर्फ मुस्कुरा देती।

कुछ वर्ष पहले, वायु सेना की ट्रेनिंग के बाद, पासिंग आउट परेड में जब शुभि सेल्यूट की मुद्रा में, अपने साथियों के साथ मार्च करते हुए, परेड ग्राउंड पर पालकों के लिए बने शामियाने के सामने से गुज़री, तो उसके माता-पिता भाव-विह्वल हो गए थे। बाद में छोटे से जलपान समारोह में जब नीली वर्दी में दमकती हुई शुभि अपने माता-पिता के पास आई, और अपनी कैप ठीक कर, पीछे की ओर तन कर, अपने माता-पिता को सेल्यूट किया और बोली, "फ्लाइंग ऑफिसर शुभि रिपोर्टिंग, माँ–बाबा।" तब उसकी माँ की आँखों में खुशी के आँसू भर आए थे। आशीर्वाद के बोल कहने चाहे तो गला भर्रा गया, यह देख कर शुभि ने अपनी माँ को गले से लगा लिया था। उसकी माँ खुशी से बच्चों की तरह तालियाँ बजाने लगी और भरे गले से बोली "खूब भालो।" फिर शुभि की तरह स्वयं भी सेल्यूट कर बैठी। यह देख तीनों हँस पड़े थे और तभी फोटोग्राफर ने कहा था - "मैम, फॅमिली फ़ोटो।" तभी से तीनों की वह हँसती हुई तस्वीर फ्रेम में कैद होकर, हर पोस्टिंग पर शुभि के साथ जाती रही। शुभि की इंजीनियरिंग की पढ़ाई और फौज में आना, इन सबके पीछे उसकी माँ की भी बहुत मेहनत थी। उन्होंने उसे बहुत प्रोत्साहित किया था और उसकी क्षमता और कुशाग्रता को देखकर उन्होंने उसमें महत्वाकांक्षा के बीज भी बोए थे, ऐसे बीज

जिनके फलने-फूलने की अपेक्षा अकसर समाज नहीं करता, परंतु शुभि की मेहनत से उसके और उसकी माँ के सपनों को उड़ान मिल गई थी।

शुभि मेज पर रखी फ्रेम को दोनों हाथों से पकड़कर एकटक देख रही थी और मन ही मन अपनी माँ से संवाद कर रही थी-"माँ, आज वर्दी में मेरा आखिरी दिन है, तुम नाराज़ तो नहीं हो न? तुम्हें कैसे समझाऊँ ? तुम्हारा भी साथ चाहिए मुझे।" यूनिट के विदाई-समारोह के बाद एक-दो सप्ताह औपचारिकताएं पूरी करने में और अगले अधिकारी को कार्य हस्तांतरित करने में बीत गए थे। आज शुभि के कार्यकाल का आखिरी दिन था और उसके ऑफिस स्टाफ ने उसके लिए एक छोटी सी चाय पार्टी रखी थी, जिसका आयोजन उन्होंने हेलीकॉप्टर हैंगर में ही किया था। शुभि के लिए यादगार के तौर पर। शुभि ने फ्रेम ऑफिस बैग में रखी, सहायक को बैग गाड़ी में रखने को कहा और वह स्वयं हैंगर की ओर चल पड़ी, जहाँ ऑफिस स्टाफ उसका इंतज़ार कर रहा था।

शुभि ने चाय पीते हुए सभी को अपने कार्यकाल में सहयोग देने के लिए धन्यवाद दिया। परिवार के हाल चाल पूछे। हाथ मिला कर सभी को शुभकामनाएँ दी और उस खूबसूरत टी-पार्टी के लिए धन्यवाद कहा फिर वहाँ खड़े सभी हेलिकॉप्टरों को एक गहरी नजर से देखा और पलट कर तेज़ कदमों से बाहर टारमैक की ओर ऐसे चल पड़ी, मानो वह परेड में चल रही हो। शाम का डूबता सूरज क्षितिज पर आधा-सा, अपनी नारंगी आभा के साथ दमक रहा था, मानो वह भी शुभि को विदा कह रहा हो। दिन भर हेलिकॉप्टर और अन्य लड़ाकू विमानों की उड़ानों की गहमा-गहमी के बाद, शांत लेकिन ऊर्जा से दीप्त विशाल कर्मभूमि पर शुभि ने नज़र दौड़ाई। जहाँ एक ओर रन-वे और और दूसरी और विशाल हैंगरों की कतार थी। जिसमें शुभि और अन्य इंजीनियरिंग अफसर वायुसेना की इन उड़ान मशीनों को लगातार बाधा रहित रखते। अचानक उसका दिल भर आया, गले में मानो कुछ अटक सा

गया था। उसने तुरंत अपने गॉगल्स पहने और तेज कदमों से पार्किंग की ओर चल पड़ी।

शुभि कार चलाते हुए घर पहुँची। उसे हमेशा से फौजियों के चार के समूह वाले घर बहुत पसंद आते थे। दो नीचे, दो ऊपर। नीचे वाले घरों के मध्य में से ऊपर के घरों की ओर जाने के लिए सीढ़ियाँ होती। सीढ़ियों से ऊपर पहुँच कर ऊपर वाले घरों के दरवाज़ें दोनों ओर दिखते, जिसमें प्रवेश करने पर में छोटी सी छत पार कर फिर घर की बैठक का प्रवेश द्वार होता। शुभि हमेशा माँ को बताती "माँ, हमारी ये छतें और नीचे रहने वालों के घरों के बगीचे मानो हमें बाँधे रखते है। जहाँ हम दोस्तों के साथ बैठकर चाय-नाश्ता करते कभी साथ खाना खाते, खेलते, तो कभी गपशप होती है। हमें नही पता कल सुबह अपने साथ क्या लेकर आएगी, इसलिए प्रत्येक परिवार हर पल भरपूर जीता है।" शुभि की माँ जब कुछ दिनों के लिए आई थीं तब उन्होंने अनुभव भी किया था। उनके रहते नितिन और शुभि दोनों को अचानक दो दिन के लिए दौरे पर जाना पड़ा था तब पड़ोसी फौजी परिवारों ने उन्हें अकेले महसूस नहीं होने दिया था। कभी कोई सुबह की चाय और नाश्ता लेकर पहुँच जाता तो कोई शाम को कॅम्पस घूमा लाता था। ऑफिस से भी ज़रूरत पूछने के लिए लगातार फोन आते। शुभि की माँ गद् गद् हो लौटीं थीं।

शुभि गेट से गाड़ी अंदर लाते हुए आदतन दोनों ओर के खंबों पर लिखे नाम यूँ ही गाहे-बगाहे पढ़ लेती थी। "ना जाने किसका कितना बसेरा है?" अक्सर सोचती, "खंबे वही रहेंगे, नाम बदल जाएँगे।" लेकिन आज अंदर आते हुए उसकी निगाह गेट के बाई ओर बने खंबे पर अटक गई, जिस पर पुते हुए नीले रंग के आयातों में से ऊपर वाले आयात में दो नाम लिखे थे। विंग कमांडर नितिन सप्रे और स्काड्रन लीडर शुभि दत्ता। एक पल के लिए उसका पाँव एक्सिलरेटर से हटा था, सिर्फ अपना नाम निहारने के लिए। गाड़ी गैराज में खड़ी करते हुए उसने फिर मन ही मन कहा- "ओह नितिन, तुम घर पर ही हो न?"

विंग कमांडर नितिन से उसकी मुलाकात तब हुई थी जब वह अपनी पहली पोस्टिंग पर बरेली पहुँची थी। तब स्क्वाड्रन लीडर नितिन सप्रे फाइटर विमानों की यूनिट में सीनियर इंजीनियर के पद पर था। पहली पोस्टिंग के दौरान ही शुभि ने जाना कि कैसे फौज में होने वाले स्वागत और विदाई-समारोह परिवारों को आपस में एक दूसरे से मिलने और जानने का अच्छा मौका देते हैं। शुभि को एहसास हुआ कि अन्य युवा फौजी साथियों के साथ औपचारिक समारोह या पार्टी से संबंधित जिम्मेदारियों जैसे भोजन, संगीत, खेल, मनोरंजन, औपचारिक परिचय आदि का संचालन मिल कर करना भी एक तरह से प्रशिक्षण का ही हिस्सा है। बरेली पहुँचने पर ऐसे ही एक समारोह में, पोस्टिंग पर आए नए फौजी और उनके परिवार सभी अपना परिचय दे रहे थे। उस दिन नितिन पार्टी का संचालन कर रहा था। उसने शुभि को अपना परिचय देने के लिए बुलाया और जब शुभि ने नितिन के हाथ से माइक लेते हुए "थैंक यू, सर।" कहा तभी मानो दोनों को कुछ एहसास सा हो गया था। नितिन और शुभि के दो वर्ष के कार्यकाल के दौरान दोनों को एक दूसरे को अच्छे से जानने का मौका मिला था और दोनों ने इस दोस्ती को रिश्ते में बदलने का निर्णय लिया था। नितिन पुणे के मराठी परिवार से था और शुभि दिल्ली के एक बंगाली परिवार से। दोनों के परिवार सुलझे विचारों के थे। जब दोनों के माता-पिता एक दूसरे से मिले तो बहुत खुश हुए क्योंकि उन्हे लगा कि जब नितिन और शुभि दोनों ही वर्दी में हैं, तो एक दूसरे की जिम्मेदारियों से अनजान नहीं होंगे और आपसी सामंजस्य सहज होगा। ऐसा सोच कर दोनों के माता-पिता उनकी शादी के लिए सहर्ष मान गए थे।

शुभि और नितिन का विवाह बड़ी धूमधाम के साथ दिल्ली में ही हुआ था और उतना ही शानदार स्वागत बरेली में वापिस लौटने पर हुआ। चूँकि दोनों ही पहले से वहाँ कार्यरत थे, तब उनके साथ काम करने वाले अन्य हमउम्र युवा अफसरों ने खूब गर्मजोशी और प्यार से अनौपचारिक स्वागत पार्टी आयोजित की थी। जिसमें तालियों की गड़गड़ाहट के बीच नितिन को शुभि को उठाकर पार्टी हॉल के ठीक

बीच में रखी मेज पर पड़े केक तक पहुँचना था, और फिर शुभि को बिना नीचे उतरे वहीं से केक काट कर नितिन को खिलाना था और फिर शुभि को उठाए हुए ही नितिन को भी मेज पर रखा केक काटकर शुभि को खिलाना था। शुभि को नितिन ने सहजता से उठा लिया था। तालियों की गड़गड़ाहट के बीच केक खिलाने और खाने का उपक्रम सदा के लिए उनके हृदय में अंकित हो गया था।

कुछ ही महीनों बाद नितिन की पोस्टिंग आ गई और शुभि ने भी सह-स्थान के लिए के लिए आवेदन कर दिया। तीन महीने बाद शुभि की भी वहीं पोस्टिंग आ गई इस तरह कभी नितिन और कभी शुभि सह-स्थान के लिए आवेदन करते हुए पूरे भारत में घूमते रहे। कई बार दोनो को अकसर एक दूसरे से महीनों दूर रहना पड़ता और जब साथ पोस्टिंग मिलती तो अधिकतर दौरे पर जाना पड़ता। ऐसे में दोनों काफी समय साथ नहीं रह पाते थे। दोनों ही अपने-अपने क्षेत्र के बहुत उम्दा अफसर थे और दोनों ही को उनकी कार्य कुशलता के लिए प्रशस्ति पदक मिल चुके थे। कुछ वर्षों बाद प्राकृतिक रूप से शुभि की माँ बनने की इच्छा होने लगी। दोनों ही इसके लिए तैयार भी थे परंतु प्रकृति ने साथ नहीं दिया। सब कुछ थोड़ा विचित्र हो गया था। दोनों का सही वक्त पर एक दूसरे के साथ होना, उन दिनों में संबंध हो पाना, यह सब मुश्किल होता जा रहा था। देश की आंतरिक मुश्किलों, प्राकृतिक विपदाओ या सामरिक गतिविधियों के चलते, कभी शुभि तो कभी नितिन अत्यंत व्यस्त हो जाते और तनाव में भी रहते। दिन-रात काम करते रहने से थकान भी हो जाती। फिर भी अनेक कोशिशों के बाद भी जब शुभि गर्भधारण न कर सकी तब दोनों ने ही डॉक्टर के पास जाने का निर्णय लिया। किसी भी निष्कर्ष पर पहुँचने के पहले कई टेस्ट आवश्यक थे। अब इन सबके लिए चाहिए था बहुत सारा वक्त। शुभि ने सोचा, "अगर मैं प्रेग्नेंट हो भी गई तो उसके बाद क्या? बच्चे कैसे संभलेंगे?" अपनी इस शंका को परिवार में जाहिर करने पर सभी ने उसे आश्वस्त किया था। नितिन ने कहा, "बच्चें हम दोनों के होंगे, तो हम दोनों ही मिल कर यह जिम्मेदारी निभाएंगे।"

"अरे, हम हैं न ! हम बारी-बारी से आकर बच्चा संभाल लेंगे।" दोनों की माँओं ने बहुत उत्साह से कहा था, जो शादी के साल भर बाद ही उन दोनों से उम्मीद लगाए बैठीं थी। शुभि मुस्कुरा दी थी। वह जानती थी, जितना आसान लगता है, उतना है नहीं। दूर-दराज पोस्टिंग हो जाए तो हवाई यात्रा तो दूर की बात है, कई बार सीधी रेल यात्रा भी संभव नहीं होगी। उसने देखा था कि कैसे उसके फौजी साथियों के माता-पिता आकर अकसर बच्चों की जिम्मेदारी संभालते थे। लेकिन ये बात उसके गले नहीं उतरती थी। एक बार शुभि बोल पड़ी थी, "दस वर्ष की फौज की नौकरी के बाद मैं रिटायर हो जाऊँगी, बच्चों को देखूँगी।"

"तुम ही क्यों? नितिन क्यों नहीं?" – यह प्रतिक्रिया उसे एक बार नहीं कई बार मिली। अपने फौजी बैचमेट्स से, कॉलेज की दोस्तों से, जो अब प्राइवेट सेक्टर में कार्यरत थी। सभी की प्रतिक्रिया लगभग एक सी रहती, "तुम दोनों ही फौजी हो, एक जैसी तनख्वाह, एक जैसी सुविधाएँ, तब यह त्याग तुम ही क्यों करो?" ऐसे सवालों से शुभि को लगता मानो रिटायर होने की बात सोचकर ही उसने कुछ गलत कर दिया है। वह सोचती, "स्त्रीवाद के माहौल में लोग अकसर यह भूल जाते है कि असली मुद्दा ये है कि स्त्री क्या चाहती है?" वह जानती थी वह क्या चाहती है फिर भी उसे लगता कोई तो कहे उसका निर्णय ठीक है। प्रत्येक कार्य में अपना सौ प्रतिशत देने वाली शुभि कुछ भी आधे अधूरे मन से नहीं कर सकती थी। शुभि को सबसे ज्यादा हैरानी तब हुई जब उसकी माँ ने भी यही पूछा - "सुनो शुभि, क्या नितिन तुम्हें रिटायर होने के लिए कह रहा है? तुम ने इस मकाम पर पहुँचने में इतनी मेहनत की है, प्रशस्ति पदक हासिल किए है। आज समाज में अपने नाम से प्रतिष्ठित हो, ये सब कुछ एकदम से छोड़ दोगी?" शुभि को बहुत दु:ख होता। इस बात का नहीं कि वह रिटायर होने का निर्णय ले रही है, बल्कि उसे लगता कि वह माँ के साथ कुछ गलत कर रही है। माँ के स्वप्न थे शुभि बहुत ऊँचाइयाँ हासिल करे। उन्हे भय था कि जैसे उनके सपने कुचले गए, कहीं उनकी बेटी के साथ भी ऐसा न हो।

नितिन अपने आप को कटघरे में खड़ा पाता। वह कितने लोगों को बताता कि वह घर और बच्चे सब संभाल सकता है, वह बस शुभि को खुश देखना चाहता है। शुभि जो चाहे वो निर्णय ले। उसे तो हमेशा वह दिन याद आता था, जब वर्दी में शुभि पहली बार उससे मिली थी। एक तेज सेल्यूट करते हुए कहा था, "फ्लाइंग ऑफिसर शुभि, पोस्टेड टू हेलीकॉप्टर यूनिट सर।" नितिन ने तो शायद तभी कुछ महसूस कर लिया था जो शुभि ने बाद में पार्टी में उससे माइक लेते हुए किया था। नीली वर्दी में दौड़ती भागती शुभि को देखकर नितिन को बहुत गर्व महसूस होता। वह अकसर कहता, "तुम्हारी वर्दी में बहुत पदक लगेंगे शुभि।"

अचानक शुभि को एहसास हुआ, वह काफी देर से कार में ही बैठी हुई है। उसने अपना ऑफिस बैग उठाया, उतर कर कार का दरवाजा बंद किया और सीढ़ियाँ चढ़ने लगी।

छत वाला दरवाजा हमेशा की तरह खुला था, बाहर अँधेरा हो चुका था। लैम्प की मंद रोशनी में सजे हुए अपने लिविंग रूम में शुभि ने प्रवेश किया। स्पीकर पर नितिन और शुभि का पसंदीदा केनी रोजर का गाना "यू डेकोरटेड माय लाइफ...." चल रहा था। कितना उपयुक्त! वाकई में दोनों ने एक दूसरे के जीवन को खुशियों से सज्जित किया था.

"वेलकम होम, स्काड्रन लीडर शुभि!" नितिन ने बाँहें फैलाकर शुभि का स्वागत किया। शुभि की आँखों से झर-झर आँसू बहने लगे। वह आगे बढ़कर नितिन की बाँहों में समा गई। नितिन उसे मजबूती से थामे रहा फिर उसके चेहरे को दोनों हाथों में लेकर, उसका माथा चूमा और उसके कानों में कहा "जो एक बार फौजी, वह हमेशा फौजी।" फिर उसकी आँखों में आँखें डालकर कहा, "तुम फ्रेश होकर आओ, वाइन तो पी नहीं जा सकती, तो बंदा तब तक हम दोनों के लिए, अरे नहीं तीनों के लिए अदरक की चाय और सैंडविच तैयार करता है।" शुभि हँस पड़ी, उसे याद आया माँ को भी फोन करना है और बताना है कि "बस आपकी बेटी के सपनों के रूप बदलें हैं, पर हमेशा की

तरह उड़ान जारी रहेगी। पहले नन्ही शुभि या नन्हे नितिन को को इस दुनिया में ले आऊँ।" और शुभि प्यार से अपने पेट को हल्के से सहलाते हुए बस मुस्कुरा दी।

नहाने के बाद, तैयार होकर शुभि ने अपनी नीली वर्दी को हैंगर पर टाँगा, जिस पर अभी भी उसकी नाम पट्टिका, उसके पदक, और कंधों पर रैंक पट्टिकाएँ लगी हुई थी। शुभि ने गर्व से यूनिफॉर्म को देखा, फिर मुस्कुराते हुए बोली - "सफर अच्छा रहा, अब नए मिशन पर हूँ, पर तुम यहीं रहोगी, जय हिन्द !" कहते हुए उसने वर्दी को एक जोरदार सेल्यूट किया।

—:—

नया बँगला

यह एक मध्यम शहर की कहानी है। सत्तर के दशक के मध्य से अस्सी के दशक का शुरुआती दौर। महानगरों को छोड़ अभी बाकि शहरों में बहुमंजिला इमारतों का प्रचलन नहीं था। ऊँची इमारतें बिल्कुल नहीं थीं, ऐसा भी नहीं था परंतु अधिकतर लोग सादे स्वतंत्र रूप से बने हुए छोटे या बड़े घरों में रहते थे। कुछ रहवासी इलाकों में छोटे या आलीशान बड़े बँगले बने हुए होते थे। शहर के पुराने हिस्से में बसे लोग तीस और चालीस के दशकों में बने बड़े-बड़े हवेली नुमा घरों में पूरे के पूरे खानदान के साथ रहा करते, और प्राय: अगली पीढ़ियाँ भी वहीं सपरिवार रहतीं। शहर के मुख्य चौक या घंटाघर के आसपास चालनुमा भवनों में जिसे इस शहर में वाड़ा कहा जाता था, कई परिवार साथ रहतें थे। शहर बाहरी सीमाओं की ओर फैल रहे थे। साठ और सत्तर के दशक में नई रहवासी कॉलोनियाँ बन रही थी और उनमें ज़मीन प्लॉट के रूप में बिक रही थी। तब न तो निजी बैंक थे, और न ही घर कर्ज लेने की सहज सुविधा हुआ करती थी। लेकिन दामोदर राव और उनकी पत्नी प्रभावती दोनों ने दूरदृष्टि रखते हुए बहुत पहले ही शहर में ऐसी ही एक नई कॉलोनी में एक बड़ा सा प्लॉट खरीद लिया था।

दामोदर राव चालीस से लेकर सत्तर के दशक तक भारत की एक मशहूर प्रायवेट लिमिटेड कंपनियों में से एक में लगातार काम करते हुए अपनी ईमानदारी, मेहनत, लगन और असाधारण तकनीकी और वित्तीय ज्ञान होने से से कंपनी में बड़े पद तक पहुँच गए थे। उन्होंने अपनी एक गाड़ी भी ले ली थी। तीन पुत्रों को जन्म देकर उनकी पत्नी प्रभावती ने उस ज़माने में अपने ससुराल वालों की नज़रों में मानो एक

ओहदा प्राप्त कर लिया था। हालाँकि दसवीं तक ही शिक्षा प्राप्त करने के बावजूद वह स्वयं बहुत उन्नतशील विचारों की थी। वह उस काल की थीं, जब मेट्रिक फेल भी गर्व से बताया जाता था, क्योंकि इससे यह साबित हो जाता था, कि दस वर्ष की स्कूली शिक्षा तो हुई ही है। अट्ठारह वर्ष की आयु में ही उनका विवाह हो गया था। परंतु प्रभावती को शिक्षा का मूल्य पता था इसलिए उन्होंने अपने तीनों बच्चों में उनकी प्रतिभा को पहचान कर, उस ज़माने में भी उन्हे अलग-अलग करियर बनाने की ओर प्रवृत्त किया था। एक बेटा डॉक्टर, एक इंजीनियर बन गया था। पर सबसे छोटे बेटे सुहास का रुझान कला की तरफ था। वह बचपन से ही अभिनय, संगीत आदि में बहुत रुचि लेता था, गायन कौशल और स्वर ज्ञान तो उसे ईश्वरीय देन के रूप में प्राप्त था। प्रभावती अक्सर सोचती, यह गुण तो सुहास ने मुझ से ही प्राप्त किए है। अपने दोनों बड़े भाइयों के विपरीत, सुहास स्कूली पढ़ाई में एकदम साधारण था। इसलिए उसकी विलक्षण गायन प्रतिभा की ओर ध्यान देते हुए, प्रभावती ने सुहास को शास्त्रीय संगीत की विधिवत शिक्षा लेने के लिए प्रोत्साहित किया। प्रभावती और दामोदर राव दोनों ने एक बात अपने अनुभवों से सीखी थी, कि परिवार में प्रत्येक पीढ़ी के साथ समृद्धि का स्तर बढ़ना चाहिए, फिर वह शिक्षा हो, जीवन शैली हो, वैचारिक स्तर हो या संपत्ति हो। साथ ही यह भी मानते थे कि आपके आसपास के समाज की प्रगति भी उतनी ही आवश्यक है तभी जीवन आनंददायी है। इस तरह दोनों पूँजीवाद और समाजवाद दोनों के ही समर्थक थे। उनके बेटों में भी यही गुण उतरे थे और ऐसी संतुलित मानसिकता शायद उसी काल में संभव थी।

समय के साथ तीनों बेटे अपने-अपने क्षेत्रों में बहुत अच्छा कार्य करने लगे और परिवार का नाम और आर्थिक समृद्धि बढ़ने लगी। बड़े दो बेटों के विवाह के बाद जब सबसे छोटे बेटे सुहास के लिए लड़की ढूँढी जाने लगी, तब सुहास ने प्रभावती को श्रीलता के बारे में बताया। वह एक शास्त्रीय नृत्यांगना थी और देश विदेश में अपने संगीत कार्यक्रमों के दौरान सुहास की उससे मुलाकात हुई थी। दोनों एक

दूसरे को पसंद करने लग गए थे और विवाह करना चाहते थे। तब इस अंतरप्रादेशिक, अंतरभाषीय, अन्तर्जातीय विवाह के लिए प्रभावती ने दामोदर राव को मना लिया था। वह मानती थी कि एक कला का साधक ही दूसरे कलाकार को समझ सकता है। प्रभावती स्वयं बहुत अच्छा गाती थी। विवाह के पश्चात और माँ बनने के बाद भी चालीस और पचास के दशक में जब स्त्रियाँ अधिकतर घरों में ही रहतीं थी, प्रभावती सामाजिक कार्यक्रमों में स्टेज पर अभिनय भी करतीं थीं। वह अच्छे कपड़ों, साड़ियों, गहनों की भी बहुत शौकीन थी और उतने ही शौकीन थे दामोदर राव। दोनों बहुत चाव से घर के लिए कालीन, फर्नीचर, चाय और डिनर के सेट खरीदतें, देश भर में अलग-अलग जगहों पर घूमने जाते। नेपाल और भूटान की भी यात्रा कर आए थे दोनों। सिर्फ स्कूली शिक्षा प्राप्त करने के बावजूद प्रभावती ने किताबें पढ़कर, यात्राएँ कर, जीवन के व्यवहारिक अनुभवों से स्वयं को समृद्ध कर लिया था। वह यह जान गई थी कि अच्छा जीवन जीने के लिए खुली और उन्नतशील विचारधारा होना आवश्यक है।

अक्सर उनकी बहुएँ कहतीं, "हमारी सास हमसें भी आधुनिक है। कौन सत्तर के दशक में अपनी बहुओं को कार चलाना सीखने के लिए प्रेरित कर सकता है? वो अपने ज़माने से बहुत आगे है।" अपनी पीढ़ी में तो दामोदर राव और प्रभावती दोनों बिरले ही थे। लेकिन अपनी समृद्धि के साथ ही साथ सभी रिश्तेदारों की मदद करना, गरीबों को आश्रय देना यह दोनों के स्वभाव में था। साठ के दशक के अंत में कंपनी से रिटायर होकर, दामोदर राव और उनकी पत्नी और तीनों बेटे शहर के सीमावर्ती इलाके में बन रही नई कॉलोनी में अपने दो मंज़िले बँगले में रहने आ गए थे और अपने साथ वर्षों से घर और बाहर के छोटे-मोटे काम करने वाले गोपी काका और खाना बनाने वाली सहायिका शांता ताई को भी लेकर आए जो घर के ही सदस्य हो गए थे. इसी बंगलें में रहते हुए तीनों बेटों के विवाह हुए, उनके भी बच्चे हुए। प्रभावती और दामोदर राव अपने पोते-पोतियों के साथ वक्त बिताते

और उनका नई जगहों पर घूमना, नए लोगों से मिलना भी जारी था, परंतु अब समाज सेवा में अधिक व्यस्त रहने लगे थे।

एक दिन प्रभावती ने देखा, उनकी छोटी बहू ने गोपी काका और शांता ताई के लिए चाय के कप अलग कर दिए है तो उनसे बिल्कुल बर्दाश्त नहीं हुआ और उन्होंने छोटी बहू को समझाया कि गोपी काका और शांता ताई परिवार के सदस्य हैं और ऐसा व्यवहार ठीक नहीं है। छोटी बहू ने कुछ नहीं कहा और दूसरे दिन से ही सब एक जैसे कप में चाय पीते हुए दिखे। प्रभावती हैरान थी कि कुछ विरोध कैसे नहीं हुआ। रात को दामोदर राव के लिए दूध लेने प्रभावती रसोई में गई, शांता ताई ने दूध तैयार कर दिया था। प्रभावती यूँ ही रसोई में रखी कुर्सी पर थोड़ी देर बैठ गई तभी क्रॉकरी की खुली अलमारी के पास पड़ी नेलपॉलिश की बोतल पर उनका ध्यान गया. वो उठकर अलमारी के पास गईं और उनका ध्यान धोकर उलटे रखे, करीने से सजे चाय के कपों पर गया। कुछ कपों के बाहरी पेंदों पर नेल पॉलिश से निशान बना दिए गए थे। प्रभावती का मन किया, वो सभी पर निशान बना दे, परंतु उस बात को वहीं छोड़ देना उचित समझा। अच्छी बातें बता देना और उनका पालन करने के लिए बाध्य करना, इन दोनों बातों में वह फरक बखूबी समझतीं थीं। सत्तर का दशक भी खत्म होने में था। उनकी नई कॉलोनी में कुल आठ-दस मकान ही बने थे। चारों ओर खाली प्लॉट, खुले मैदान, पेड़, झाड़ियाँ नज़र आतीं थी, क्योंकि सड़कें अभी बन रहीं थी। बस शहर से आने वाली सड़क पक्की बनी हुई थी। एक दिन उनके घर के ठीक सामने वाले प्लॉट पर हलचल दिखी। एक बड़ा-सा परिवार दो गाड़ियों में बैठ कर आया था। एक सप्ताह बाद ही उस प्लॉट पर भूमि पूजन था, प्रभावती और दामोदर राव को सपरिवार बुलाया गया था, दामोदर राव और प्रभावती अपने बेटों और बहुओं संग भावी पड़ोसियों से मिल कर शुभकामनाएँ देकर आए। एक कारोबारी परिवार ने प्लॉट खरीदा था। नए बँगले का काम शुरू हो चुका था, तुरंत चौकीदार और उसके परिवार के लिए एक अस्थाई परंतु पक्का कमरा बनवाया गया, जहाँ वह बंगले का पूरा निर्माण होने तक रहने वाला था।

राजस्थान से आए हुए मजदूर और उनके परिवार अक्सर भवन निर्माण के कार्यों में जुटे हुए दिखते। रंग-बिरंगे चटकदार फूलों के प्रिन्ट वाले घेरदार घाघरे पहनकर, चुनरी ओढ़े, ढेर सारे चाँदी के आभूषण पहने, हँसतें हुए मजदूर महिलाऐं भी पुरुष मजदूरों की बराबरी से सीमेंट गिट्टी की तगारियाँ उठातीं, रबर के दस्ताने और जूते पहन फावड़े से गिट्टी और सीमेंट मिलातीं। पगड़ीधारी पुरुष कारीगर, जिनके कान में सुनहरी बाली होती अक्सर हँसी-मजाक करते हुए काम जारी रखते। प्रभावती कभी बरामदे में तो कभी पहली मंजिल की बालकनी में बैठकर उन मजदूरो को काम करते हुए ध्यान से देखती कि कैसे वो लोग दिन भर हँसते हुए काम करते हैं। शाम को सारी मजदूरनियाँ हाथ और चेहरा धोतीं, छोटे से गोल आईने में देखकर श्रृंगार करती, कभी झोले से निकाल कर दूसरी धुली हुई अधिक चटकदार चुनरी ओढ़ती, गठरी सिर पर रखती और एक दूसरे के साथ हँसते, बात करते निकल पड़ती। कभी-कभी उनमें से एक प्रौढ़ महिला जिसका काम सब पर नज़र रखना होता था, काम हो जाने के बाद बीड़ी पीती हुई दिखाई देती। कभी-कभी उनमें से किसी का एक छोटा-सा बच्चा भी होता जो दिन भर दो अस्थाई खंबों के बीच बाँधी चादर में सोता और बारी-बारी से सब उसे देखते, पर बच्चे की माँ रोज़ नहीं आती थी। शायद उसे किसी के न आने पर बुलाया जाता था. प्रभावती ने गौर किया जिस दिन बच्चे की माँ आती उसी दिन वह प्रौढ़ महिला भी दिखाई देती थी। शाम को जब खानाबदोश मज़दूर चले जाते, पीछे रह जाता था चौकीदार और उसका परिवार। जिसमें उसकी पत्नी और तीन बेटियाँ थी। काम खत्म होने के बाद शाम ढले चौकीदार सारे सामान का जायज़ा लेता, उसकी पत्नी अपनी तीनों बेटियों के हाथ-मुँह धुलाती, चोटियाँ बनाती, अच्छे से तैयार करती और चूल्हे पर रात के खाने की तैयारी करती। बारिश की वजह से जब शामें ठंडी और स्याह हो जाती, तब चौकीदार की पत्नी चाय बनाती और सारा परिवार नीले अंधेरे में सुड़क-सुड़क कर चाय पीता। बाहर चूल्हे पर से निकलता धुआँ, उसके पास बिछी चटाई पर तीनों बेटियाँ और पत्नी घुटने पास लेकर गरम चाय पीकर अपनी थँकान निकालते। उनके सामने बंगले के आधे बने ढाँचे पर बैठा

चौकीदार अपने परिवार को निहारता। चूल्हे की रोशनी और बाहर जमीन में गढ़े एक ऊँचे बाँस पर टँगे साठ वॉट के बल्ब की पीली रोशनी उनके चेहरों और उनकी बैठी हुई आकृतियों के साथ खेलती। गीले सीमेंट और गीली ईंटों की महक प्रभावती को एक नव-निर्माण की ओर अग्रसर कार्य की अनुभूति देती। रोज़ उन्हे देख-देख कर प्रभावती ने मानो उनसे मन-ही-मन एक रिश्ता सा बना लिया था। अचानक उसे एहसास हुआ, बँगले का काम पूरा होते से ही, ये परिवार तो यहाँ से चल जाएगा।

दूसरे ही दिन प्रभावती ने, चौकीदार की पत्नी और उसकी बेटियों को आवाज देकर बुलाया। चारों थोड़ी देर में आ खड़ी हुईं। बेटियों की माँ राजस्थानी लहँगे में, घूँघट को दो उंगलियों से पकड़कर, होंठों पर रखे सोचने की मुद्रा में खड़ी थी और तीनों बेटियाँ लंबे से फ्रॉक में, तेल लगे बालों की कसी हुई चोटियाँ जो रंग-बिरंगे रिबन से बांधी हुई थी उनसे खेलती हुई, पैरों में उतनी ही रंग-बिरंगी चप्पलें पहने, आँखों में कौतुहल, होंठों पर हँसी और मुस्कान लिए आ खड़ी हुईं। चेहरे पर कोई डर नहीं। आठ से बारह वर्ष के बीच की लग रही थी तीनों। सबसे छोटी माँ के चारों ओर गोल-गोल घूम रही थी।

"क्या नाम है तुम्हारा ?" – प्रभावती ने बरामदे में अपने मूढ़े पर बैठे-बैठे, अपना चश्मा ठीक करते हुए, चौकीदार की पत्नी से पूछा।

"केसर"- चौकीदार की पत्नी ने जवाब दिया।

"अरे वाह, और बच्चों तुम्हारा नाम क्या है?"

केसर बताने को हुई तो प्रभावती ने इशारे से उसे चुप किया।

तीनों लड़कियाँ एक दूसरे को देखने लगी, कि नाम बताने की पहल कौन करेगा।

"ग्यारसी" – सबसे बडी बोली।

"चकोरी" – बीच वाली बोली।

"कलुड़ी" – अपनी दोनों बहनों को नाम बताते देख सबसे छोटी फुदक कर आगे आई और बोली।

प्रभावती की हँसी छूट गई. अब तक उसके पोते-पोतियाँ भी बरामदे में आ चुके थे और सारी बातें ध्यान से सुन रहे थे। हमउम्र बच्चों को देख उन्हे भी उनसे मिलने का आकर्षण था, क्योंकि नई कॉलोनी में अभी इतने परिवार नहीं आए थे कि बच्चों को उनके हमउम्र दोस्त मिल जाए।

"बाई सा, ये तो लाड़ वाले नाम है"- केसर हँस कर बोल पड़ी। ये ग्यारस को पैदा हुई इसलिए ग्यारसी, ये छोटी थी न चाँद को घणी देखती रही, तो चकोरी और ...... "और मैं काली हूँ न, इसलिए कलुड़ी" ..... छोटी सी बच्ची बीच में ही उछल कर बोली, और तीनों ही-ही कर हँसने लगी। जाहिर था नाम का स्पष्टीकरण परिवार द्वारा बहुत बार दुहराया जाता था। "वैसे बरखा, तारा और कजरी नाम है इनके." – केसर ने कहा।

"सारे ही नाम बहुत ही प्यारे है, और हम तो इन्हें लाड़ वाले नाम से ही बुलाएंगे, क्यों बच्चों?" - प्रभावती ने अपने पोते पोतियों को पूछा, और वो भी उछल कर तालियाँ बजाने लग गए।

"और तुम काली थोड़ी न हो ..." ऐसा वह साँवली बच्ची से बोलने ही जा रही थी कि रुक गई. "उसके मन में और बाकि बच्चों के मन में भी इस रंग को लेकर कोई भावना नहीं है, तो यह मैं क्यों पैदा करूँ? हम इंसान ही अपना जीवन ऐसे अकारण क्लिष्ट कर लेते है।"

रोज शाम को प्रभावती के पोते-पोतियाँ, आस-पास के खाली प्लॉट पर खेलने चले जाते। ग्यारसी, चकोरी और कलुड़ी भी वहाँ खेलने आ जाते और सारे बच्चे मिल कर खेलते। वहीं किसी भवन निर्माण हेतु नींव की खुदाई से निकली मिट्टी से बन गए बड़े-बड़े टीले, निर्माण के लिए आई हुई बालू रेत के ढेर, ईंटों के करीने से रखकर बनाए हुए चबूतरे, उनकी कल्पनाओं को ऊँची उड़ान देते। कभी बच्चे किसी खाली प्लॉट के बीचों-बीच लगे हुए आम के पेड़ों पर चढ़ जाते। दिन में प्रभावती के

पोते-पोतियाँ जब स्कूल जाते तब केसर की तीनों बेटियाँ सामने वाले खाली प्लॉट पर चुपचाप खेलती, कभी अपने कमरे के आसपास की ज़मीन बुहारती, अपनी माँ की खाना बनाने में मदद करती। प्रभावती के घर जब कभी महरी नही आती तो चौकीदार की पत्नी केसर आँगन में आकर बर्तन धो जाती, बगीचे और आँगन को बुहार जाती। घर में झाड़ू-पोंछा भी लगा जाती। इससे उसकी थोड़ी आमदनी भी हो जाती। कभी वह अपनी बेटियों को भी साथ ले आती, और तीनों उसकी मदद करती।

एक दोपहर प्रभावती अपनी बहुओं के साथ बरामदे में बेंत की कुर्सियों पर बैठी हुई अलग-अलग विषयों पर बातें कर रही थी। आने वाली गर्मी की छुट्टियों के कार्यक्रम, उन सबके मायके जाने की तारीखें, विभिन्न अचार और सबसे छोटे बेटे के संगीत कार्यक्रम और बहू के नृत्य कार्यक्रम आदि की चर्चा चल रही थी कि बच्चों के स्कूल का रिक्शा आ गया, उसमें से उनके बच्चे उतरे। स्कूल यूनिफॉर्म में, कँधों पर बस्ते टाँगे, हाथ में पानी की बोतल घुमाते, उन्हे देखते ही चारों "मम्मी", "दादी" चिल्लाते हुए दौड़ लगाते गेट खोल कर बरामदे की ओर दौड़े। उनकी आवाज सुनकर प्रभावती के बँगले के बगीचें में इधर-उधर बैठकर, सूखी पत्तियाँ बुहारती, टहनियाँ बटोरती केसर की बेटियाँ भी खुशी के मारे उठ खड़ी हुई, और बच्चों की ओर भागी तो उनके आस-पास फिर से पत्तियाँ बिखर गई, टहनियाँ फैल गई .... पीछे से केसर ने आवाज लगाकर रोका और कचरा फैलाने के लिए डाँटा .... और तीनों बच्चियों के पैर ठिठक गए। उन्हे देख, प्रभावती की करीब दस वर्षीय पोती स्निग्धा ने अपने बस्ते में से एक कार्ड निकाला और प्रभावती की ओर देखकर कहा, "दादी, आज हमें अपने दोस्तों के बारे में दस पंक्तियाँ लिखनी थी और ड्रॉइंग भी बनानी थी, तो मैंने कलुडी, ग्यारसी और चकोरी के बारे में लिखा, और ड्रॉइंग भी बनाई। पता है? हमारी मैम को बहुत अच्छा लगा और मैम ने कहा है, कि ये कार्ड मुझे उन्हे देना चाहिए. देखो मुझे स्टार भी मिला है।" – कहते हुए स्निग्धा ने कार्डबोर्ड से बना एक सुनहरा तारा, वह चित्र और निबंध सभी को

दिखाया. सभी ने उसकी तारीफ की और प्रभावती ने स्निग्धा को कार्ड केसर की बच्चियों को देने के लिए कहा. स्निग्धा बरामदे से नीचे उतरी, जहाँ केसर की तीनों बेटियाँ अभी भी ठिठकी खड़ी, बरामदे की ओर तक रही थी। स्निग्धा दौड़ती हुई उनके पास गई, "देखो ग्यारसी, चकोरी और कलुड़ी मैंने हम लोगों के साथ खेलते हुए चित्र बनाए है और हम सबके नाम भी लिखे हैं. 'मेरी नई सहेलियाँ – बरखा, तारा और कजरी' ! और देखो यहाँ पर मेरा नाम....स्निग्धा!"

केसर की तीनों बेटियाँ, चित्र में सिर गढ़ाएं, हाथों से छूकर चित्र में बनी उन सबकी तस्वीरें महसूस कर रही थी। "मेरा नाम कौन सा है?" – अचानक ग्यारसी ने सिर उठाकर पूछा। "स्निग्धाssss" उसने आवाज भी लगाई, "मेरा नाम ......" तब तक स्निग्धा अपने हाथ में पकड़े सुनहरे तारे को प्यार से देखते हुए, गौरान्वित सी, अपनी दुनिया ही में खोई बरामदे की सीढ़ियाँ चढ़ चुकी थी। प्रभावती की बहुएँ और उनके बच्चे भी अंदर जा चुके थे।

ग्यारसी ने फिर से बेचारगी के स्वर में बरामदे की ओर देखते हुए पूछा - "मेरा नाम कौन सा है?.....स्निग्धाss" लेकिन घर के अंदर प्रवेश करते से ही स्निग्धा उस आवाज़ की परिधि के बाहर जा चुकी थी।

चौकीदार की बेटी की विवशता देखकर प्रभावती के अंदर कुछ छन्न से टूटा और एक झटके से उसे एक विरोधाभास के साथ एक कटु सत्य का अहसास हुआ। क्षण भर पहले का कोलाहल अचानक एक अजीब से सन्नाटे में बदल गया था, जिसको साक्षी थे बाहर बरामदे में जड़वत् बैठी रह गई प्रभावती, दुपहर की साँय-साँय चलती हवा, और चुपचाप अपनी माँ की ओर लौटती तीन बच्चियाँ।

प्रभावती ने बहुत सोचा. कुछ ऐसा, जो व्यवहारिक हो और उसके जाने के बाद भी ग्यारसी, चकोरी और कलुड़ी को सहारा दे सके। सामने नए बँगले का निर्माण भी पूरा हो चला था। अब चौकीदार और उसके परिवार के वहाँ से चले जाने का समय भी जल्द ही आने वाला था।

दूसरे दिन ही प्रभावती और दामोदर राव सरकारी विद्यालय में दाखिले के तीन फॉर्म और पोस्ट ऑफिस में केसर के नाम से अकाउंट खोलने के कागज़ात लेकर आए। चौकीदार अन्य मजदूरों की तरह खानाबदोश नहीं था, तब उसे अपने डॉक्टर बेटे के नए अस्पताल में काम पर रखा जा सकता है। इस नए बँगले से अब चौकीदार और उसका परिवार एक नए स्थाईत्व की ओर अग्रसर होगा, यह प्रभावती निश्चित कर लेना चाहती थी।

---:---

नंदिनी

नंदिनी कार की पिछली सीट पर बैठ सड़क के दोनों तरफ तेजी से पीछे छूटते खेतों को निहारती जा रही थी। जिले के सीमावर्ती गाँव के कॉलेज में वहाँ की लड़कियों को जाते देख उसे बहुत खुशी हो रही थी। उन्हें देखकर उसे अपने कॉलेज के दिन याद आ गए, जब न मोबाइल हुआ करते थे, न इंटरनेट। कंप्यूटर भी बस बड़े शहरों तक ही पहुँचे थे। "कुछ अलग ही दिन थे वो" – नंदिनी सोचने लगी और अतीत की यादों में खो गई।

कॉलेज का तीसरा और अंतिम वर्ष था। उस दिन वह अपने कॉलेज से लौट रही थी और उसके दिल में एक अजीब सी घबराहट थी। उसे लग रहा था जैसे यह उसकी आज़ादी का अंतिम वर्ष है। किसी तरह घर पर सभी को मना कर उसने बड़ी मुश्किल से कॉलेज में दाखिला लिया था। शहरी होने के बावजूद भी नंदिनी के घर पर पुरानी सोच का माहौल था। उसका कारोबारी परिवार था, पुश्तैनी ज़मीन थी और गाँवों में खेत थे। परिवार में बच्चों के लिए लाड़-दुलार तो बहुत था परंतु शिक्षा का इतना महत्व नहीं था, लड़कियों के लिए तो और भी नहीं। स्कूली शिक्षा बारहवी तक हो गई तो माना जाता था कि बहुत हो लिया। अट्ठारह वर्ष की आयु होते ही लड़की के लिए अच्छा घर और वर ढूँढना शुरू हो जाता। लड़कियों से यही उम्मीद होती थी कि ससुराल में परिवार को अच्छे से संभाल लें। नंदिनी के सौन्दर्य और सौम्य स्वभाव से प्रभावित हो बिरादरी में उसके लिए रिश्ते भी आने लगे थे। बड़े शहरों में स्थापित कारोबारी परिवारों द्वारा उसके विवाह लिए पूछा जाने लगा था। इसके विपरीत नंदिनी का सारा ध्यान अपनी पढ़ाई में लगा रहता। उसे कॉलेज तक छोड़ने और घर वापिस ले आने की जिम्मेदारी

उसके दो बड़े भाइयों की थी। लेकिन उस दिन उसे कॉलेज के ही पास रहने वाली उसके बचपन की सहेली कीर्ति के घर मिलने जाना था, अत: नंदिनी ने सुबह ही घर पर बता दिया था कि शाम को भाई उसे सहेली के घर आकर ले जाए। उसे कीर्ति के घर जाना अच्छा लगता था क्योंकि उनके घर पढ़ाई का माहौल रहता था। विविध विषयों पर चर्चा होती थी। कीर्ति को जितना चाहे पढ़ने और आगे बढ़ने की आज़ादी थी। नंदिनी अपना बैग कंधे पर टाँग, कॉलेज से बाहर निकली ही थी कि सामने से स्कूटर पर एक लड़का तेज़ गति से उसकी ओर आया और उसके वक्ष को दबोच कर चला गया। धक्के से नंदिनी पीछे की ओर गिरने को हुई, फिर जड़वत् खड़ी रह गई। वह चीखना चाहती थी पर उसकी आवाज उसके गले में अटक गई। गुस्से और अपमान से उसे अपना लहू कानों और मस्तिष्क तक पहुँचता महसूस हुआ। वह स्तब्ध थी कि कैसे किसी ने उसके शरीर की सुरक्षा और मर्यादा की परिधि को लांघ लिया? वह क्यों कुछ कर न पाई? सब कुछ एकदम बिजली की गति से हो गया। दर्द और तकलीफ से उसे अभी भी उसके घिनौने हाथ अपने ऊपर चुभते से महसूस हो रहे थे। नंदिनी को अपने शरीर में एक तेज सिरहन सी महसूस हुई और उबकाई आ गई। अचानक उसे डर और असुरक्षा ने दबोच लिया, वह थर-थर काँपने लगी, उतने में कॉलेज से कुछ और छात्राएँ वहाँ आ पहुँची और उसकी हालत देख उसे पकड़ कर पूछा। जब सारी बात पता पड़ी, उन्होंने नंदिनी को पानी पिलाया और किसी ने पूछा, "स्कूटर का नंबर याद है क्या?" परंतु सब कुछ इतनी तेज़ गति से हुआ था कि नंदिनी को कुछ समझ ही नहीं आया, उसे लगा उसका सिर चकरा रहा है, लड़कियों की आपसी बातें उसे कोलाहल सी महसूस हो रही थी। कीर्ति का घर स्टाफ कॉलोनी में ही था, उन छात्राओं ने उसे कीर्ति के घर तक पहुँचा दिया। नंदिनी बहुत घबराई हुई थी, उसने कीर्ति को भी कुछ नहीं बताया। उसे लग रहा था कि उसी ने कुछ गलत किया है। वह सोचने लगी कि शायद इन्हीं कारणों से माता-पिता मुझे बाहर नहीं भेजते है। घर और समाज में लड़कियों के पहनावे और व्यवहार पर होने वाली रोक-टोक की मानसिकता में पली-बढ़ी नंदिनी स्वयं में ही दोष ढूँढने लगी। एक के

बाद एक उसके मन में विचार आने लग गए। "उस लड़के ने मेरे ही साथ ऐसा क्यों किया? मैंने तो दुपट्टा लिया था, उसका ध्यान मेरी तरफ क्यों गया? मुझे अच्छे से तैयार होकर कॉलेज आना ही नहीं चाहिए। मैं कॉलेज के बाहर निकली ही क्यों? उसने किसी और के साथ तो ऐसा नहीं किया, मेरे साथ ही क्यों?" सोच-सोच कर नंदिनी को लगा मानो उसके दिमाग की नसें फट रही हैं। उसे समझ में ही नहीं आ रहा था कि यह घटना घर पर बताए या नहीं। शहर भर में घटित छेड़खानी के किस्से कॉलेज में अक्सर सुनाई पड़ जाते थे। कॉलेज की सहेलियाँ भी कुछ न कुछ बताती रहती कि कैसे कॉलेज आते वक्त कुछ लफंगे उनके साइकिल या मोपेड के हैंडल को छूकर जाते, और उनका अपने वाहन से नियंत्रण खो जाता। पैदल जा रहीं हो तो पास में से तेज़ी से गुजर जाते और लड़कियाँ हड़बड़ा जाती। सड़कछाप, आवारा लड़के सीटी बजाते, कुछ अभद्र बोल जाते। नंदिनी इन किस्सों को अनसुना-सा कर देती थी। उसे लगता था यह सब दूसरों के साथ होता है। आज जब उसकी मर्यादा का उल्लंघन हुआ तो वह अंदर तक हिल गई थी। नंदिनी ने तय किया कि वह घर पर किसी को भी इस घटना के बारे में नहीं बताएगी अन्यथा उसका कॉलेज आना बंद हो जाएगा और उस पर और अधिक पहरे बैठा दिए जाएँगे। उसके पिताजी का यही कहना था कि बेटियाँ शादी के बाद जो करना चाहें करें, यदि पति और ससुराल वाले अनुमति दें तो। उनका मानना था कि अगर बेटी ज्यादा पढ़ी होगी तो बिरादरी में शादी के लिए लड़का मिलना मुश्किल हो जाएगा। "लेकिन पापा...." नंदिनी अपनी बात कहने की कोशिश करती, "अब ऐसा कुछ नहीं है, कारोबारी लोग भी पढ़तें हैं। आजकल तो एमबीए बहुत लोग करते है, अब तो जल्द ही कंप्यूटर भी कॉलेज और स्कूल में पढ़ाए जाएँगे. दुनिया बहुत अलग होने वाली है, पापा...."

"बस, ज्यादा बहस नहीं।" पिताजी हाथ के इशारे से एक निर्णयात्मक स्वर में कहते और वह चुप हो जाती। उसे लगता अब वह कुछ और कहेगी तो उसका कॉलेज भी छुड़वा दिया जाएगा। ऐसे माहौल में इस घटना के बारे में तो कुछ भी बताना नंदिनी के लिए संभव

ही नहीं था। पर इन सब से अब उसका दम घुटने लगा था। वह चुपचाप बड़े भाई के साथ कॉलेज जाती और जब तक वह लेने नहीं आ जाते, कॉलेज की लायब्रेरी में बैठकर पढ़ती रहती। अपने पाठ्यक्रम के अलावा वह अब वह विश्व इतिहास, कला, राजनीति, समाज-शास्त्र, दर्शन आदि विषयों पर घंटों पढ़ती रहती। विदेशी साहित्यकारों की अनुवादित पुस्तकें पढ़ना और एनसायक्लोपीडिया से जानकारी जुटाना उसे बहुत अच्छा लगता था। उसे जो महत्वपूर्ण लगता अपनी पुस्तिका में उसे लिख भी लेती थी। सौभाग्यवश उसके कॉलेज की लाइब्रेरी बहुत समृद्ध थी। वहाँ के शांत माहौल में नंदिनी को एक सुकून सा मिलने लगा था। सौ वर्ष से भी पुराने विशाल भवन में स्थित लायब्रेरी की ऊँची खिड़कियों के ऊपरी हिस्से में बने चंद्राकार रोशनदान के रंग-बिरंगे काँच में से अंदर आने की कोशिश करती सूर्य की रोशनी उसे बहुत भाती। नंदिनी को रोज़ घंटों इतना पढ़ते देख वहाँ के वरिष्ठ लायब्रेरियन को बहुत अच्छा लगता। वे उसे विशाल लायब्रेरी के मध्य में छत तक जाती पुरानी शीशम की अलमारियों में रखी किताबों के खजाने के बारे में बताते और नंदिनी को ही पहियों पर चलने वाली लकड़ी की सीढ़ी का उपयोग कर विविध पुस्तकें निकालने को कहते। दीवार के सहारे बनी मजबूत लकड़ी की बालकनी, उस विशाल ऊँची छत वाले कमरे में चारों ओर बनी हुई थी। उस बालकनी में भी किताबो से सज्जित अलमारियाँ रखी हुई थी। नंदिनी वहाँ खो जाती, उसे लगता किताबों का वह संसार मानो उसका ही साम्राज्य है। किताबें उसे एक ऐसे विश्व से परिचित करातीं जो उसकी दुनिया से बहुत ही अलग था। वह जब लायब्रेरी के गलियारों में चलती तो उसे लगता वह स्वतंत्र है और उसके पंख निकल आए हैं। वह कल्पना करती कि उस गलियारे के अंत में एक स्वतंत्र अनंत आकाश है, जहाँ से उसे उड़ान भरनी है। घर पहुँचते से ही वह कैद सी हो जाती। उसकी बातें घर पर किसी को समझ में नहीं आती थी। उसे घर के बाहर जाकर काम करने की, दुनिया के अनुभव लेने की आज़ादी ही नहीं थी। उसे लगता मानो वह अपने परिवार के लिए एक जिम्मेदारी या बोझ है, जिसे उसके परिवार वालों को उसका विवाह होने तक संभालना है। जो भी चाहिए होता उसे

लाकर दिया जाता परंतु उससे घर पर ही रहने की अपेक्षा की जाती। उस दिन कॉलेज के पास घटित घटना के बाद से नंदिनी ने भी बाहर जाने की ज़िद करना छोड़ दिया था। धीरे-धीरे उसे भी लगने लगा था कि शायद विवाह ही उसकी आज़ादी का एकमात्र मार्ग है। उसने देखा था किस तरह रिश्ते में, अड़ोस-पड़ोस में, परिवार में, जिन भी लड़कियों का विवाह हुआ, वो ज्यादा स्वच्छंद तरीके से रहने लगी थीं। बिना बाँहों के ब्लाउज़ पहनना, स्वयं शॉपिंग के लिए जाना जैसी छोटी-छोटी बातें भी उन्हे खुश कर देती। युवतियाँ नए से आत्मविश्वास के साथ बहुत खुश नज़र आती।

विवाह के पश्चात मिलने वाली स्वतंत्रता को देख कर नंदिनी विवाह के लिए मानसिक रूप से तैयार हो गई। उसके लिए रिश्ते तो पहले से आ ही रहे थे, अब उसके माता पिता उत्साह से रिश्तों को परखने में जुट गए।

अंतिम वर्ष की परीक्षाओं का परिणाम आ गया था, नंदिनी ने अपने कॉलेज में टॉप किया था। उसे विभागाध्यक्षा डॉ. मंजुल सक्सेना ने अपने ऑफिस में बुलाया और कहा, "नंदिनी, तुम एक होनहार छात्रा हो और लायब्रेरी के हेड सिन्हाजी ने मुझे तुम्हारे बारे में बताया है। तुम यू.पी.एस.सी. की परीक्षाएँ क्यों नहीं देती? तुम्हारे अंदर बहुत क्षमताएँ हैं। तुम्हारे लेखों की अन्य प्राध्यापक भी बहुत तारीफ करते है, और उन्हे अफ़सोस है कि तुम्हारी खूबियों को तराशने के लिए वो तुम्हे आगे नहीं ला सके, जबकि कॉलेज में इतनी गतिविधियाँ होती रहती है। खैर, अपनी क्षमताओं को दबाओं नहीं, उन्हें बाहर आने दो और इसके लिए तुम्हे सिर्फ एक माध्यम चाहिए। मार्गदर्शन के लिए मैं हूँ ही, पर चलना तो तुम्हें ही होगा। घर जाओ और इस बारे में सोचो।"

नंदिनी हैरान थी। उस से आज तक किसी ने ऐसी बात नहीं की थी। हमेशा चुप-चुप रहने वाली, डरी-डरी सी नंदिनी को अभी भी ये एहसास नहीं था कि वह एक अलग अस्तित्व है और उसका भविष्य उसकी इच्छाओं और उसके गुणों से परिभाषित हो सकता है। उसे हमेंशा लगता कि उसके लिए जीने की एकमात्र वही परिभाषा है, जो

उसके माता-पिता ने निर्धारित की है या जो उसने अपने परिवार और समाज में देखी है और उसे उस परिभाषा के अनुरूप अपने को ढालना है। नंदिनी विवाह के लिए हाँ तो बोल ही चुकी थी। उसके माता-पिता ने बड़े शहर के एक उद्योग घराने में उसका रिश्ता तय कर दिया था। पूरा परिवार नंदिनी को देखने आया था, लड़का सुशिक्षित और सभ्य था। नंदिनी को भी पसंद आ गया था। लड़के वालों का बड़ा संयुक्त परिवार था। दोनों परिवारों की ओर से रिश्ते के लिए हाँ हो गई थी। घर पर सभी उत्साह में थे। युवा वय में नयेपन की ओर अग्रसर होता उत्सुक मन और उन्मुक्त होकर जीने की आशा से नंदिनी भी खुश थी।

परंतु नियति को शायद कुछ और ही मंज़ूर था। सगाई के दूसरे ही दिन लड़के के चाचा की, दिल का दौरा पड़ने से अकाल मृत्यु हो गई। सब स्तब्ध थे। नंदिनी के माता-पिता असमंजस में थे, कुछ महीने बीत गए। लड़केवालों के यहाँ कब और कैसे आगे बात बढ़ाएँ यह सोच ही रहे थे कि उनके यहाँ से रिश्ता आगे न बढ़ाने का संदेश आ गया। उन्होंने अँगूठी भी वापिस भिजवा दी। नंदिनी के पिता ने फोन पर बात करने की कोशिश की, तब लड़के के पिता ने "यह रिश्ता शुभ नहीं है, इसे यहीं समाप्त करना ठीक है।" - कहकर फोन रख दिया। नंदिनी ने भी उनकी दी हुई अँगूठी निकाल कर लौटा दी। वह बहुत ठगी हुई सी और शून्य महसूस कर रही थी। उसके युवा मन ने बहुत सारे सपने बुन लिए थे और वह एक स्वतंत्र जीवन की कल्पनाओं में विचरण करने लग गई थी। उसका मन रिक्त होकर उदास सा हो गया था। ऐसे में माँ से स्नेह की उम्मीद लिए वह माँ की गोद में सिर रखकर खूब रोना चाह रही थी। परंतु रिश्ता टूटने से माता-पिता को होने वाले दुःख के लिए भी वह स्वयं को ही जिम्मेदार मान रही थी। एक दिन उसने सुना, माँ पिताजी से क्षुब्ध स्वर में बोल रही थी, "अब कौन इस लड़की का हाथ थामेगा?" तब वह और भी व्यथित हो गई। कई दिन यूँ ही बीत गए। नंदिनी उदासीन सी चुपचाप घर पर माँ के कहने पर कभी रसोई, कभी बागबानी में अपना मन लगाने की कोशिश करती। अचानक एक दिन उसे कॉलेज की लायब्रेरी की याद आ गई। वही एक जगह ऐसी थी जो

उसे अपनी-सी लगती थी। वहाँ उसे सुकून मिलता था जब वह किताबों से खुल कर बातें करती थी। एक दिन नंदिनी अकेली ही कॉलेज पहुँच गई। संयोगवश लायब्रेरी में वही विभागाध्यक्षा भी आई हुईं थीं, जिन्होंने उसे यू.पी.एस.सी की परीक्षाएँ देने को कहा था। नंदिनी का उतरा चेहरा देखकर और उसकी कहानी सुनकर उन्होंनें अपने नाम पर कुछ किताबें लायब्रेरी से लीं और नंदिनी को देते हुए कहा "नंदिनी, इन किताबों को पढ़ना शुरू करो। कल सुबह मुझसे विभाग के दफ्तर में आकर मिलों। यू.पी.एस.सी. की परीक्षाओं के फॉर्म भर कर पोस्ट करो। भाग्य ही समझो कि फॉर्म जमा करने की अंतिम तिथि के पहले ही तुम मुझे मिल गई। देखो आज तुम अपने बूते पर कॉलेज आई हो, भाई के साथ नहीं। बंद दरवाजों के बारे में मत सोचो। जो नए दरवाजे खुल रहे हैं, उन्हे पहचानो।"

"जी मॅम।" नंदिनी ने कहा और सिर झुका कर किताबें ले लीं. समंदर में बगैर लंगर के भटकते जहाज को मानो एक प्रकाश स्तम्भ दिख गया था। नंदिनी सब कुछ भूल कर जी-जान से पढ़ाई में जुट गई। उसे एक दिशा मिल गई थी। अब पढ़ाई सिर्फ बौद्धिक संतुष्टि के लिए नहीं थी अपितु उसे जो अपने अस्तित्व का एहसास हुआ था, उसे स्थापित करने के लिए भी थी। इस बीच उसके लिए कुछ रिश्ते भी आने लग गए थे, परंतु अब नंदिनी के सामने एक लक्ष्य होने से उसमें अपने माता-पिता को ना कहने की हिम्मत आ गई थी। उन्होंने भी अब अपने बेटों की शादी के बारे में सोचना और ध्यान देना शुरू कर दिया था।

नंदिनी ने एक-एक कर अपनी सारी परीक्षाएँ उत्तीर्ण की और इंटरव्यू की तैयारियों में जुट गई। अंतत: उसके इंटरव्यू के भी परिणाम आ गए और वह अव्वल आई थी। उसे ट्रेनिंग के लिए कॉल लेटर आ गया था। उसकी खुशी का ठिकाना नहीं रहा। जब घर पर उसने ये बात बताई तो सभी ने खुशी तो ज़ाहिर की परंतु अभी भी किसी को ये एहसास ही नहीं हुआ था कि यह कितनी बड़ी बात थी। नंदिनी पढ़ाई कर के उदासीनता से दूर रहती है, इसी में सब संतुष्ट थे।

इसी बीच, जिन लोगों ने नंदिनी से सगाई तोड़ दी थी, उन्होंने उसी के शहर में अन्य किसी कारोबारी परिवार में अपने लड़के का विवाह तय कर दिया था। एक ही बिरादरी के होने की वजह से नंदिनी के माता-पिता उन्हे वर्षों से जानते थे, लड़की भी नंदिनी के साथ ही कॉलेज में पढ़ती थी। घर पर सभी को बुरा लग रहा था। किसी को विवाह में जाने का मन नहीं था। परंतु नंदिनी के पास खुश होने के लिए उसकी परिक्षाओं और इंटरव्यू में अव्वल दर्जे से सफल होने की खुश-खबरी के साथ-साथ ट्रेनिंग के लिए जाने का कॉल लेटर भी था।

"माँ, शादी ही सब कुछ नहीं होती है।" – शादी को ही अपनी स्वतंत्रता का मार्ग समझने वाली नंदिनी स्वयं अपने मुख से यह सुनकर अचंभित थी पर प्रसन्न भी।

"और हम ज़रूर जाएँगे, आखिरकार वो मेरी बचपन की सहेली है। उसकी खुशी में, मैं शामिल होना चाहूँगी।" – आत्मविश्वास से भरी आवाज़ में नंदिनी बोली।

खुशी से दमकती उसकी सहेली और पास ही खड़े उसके पति की नवविवाहित जोड़ी वाकई में खूबसूरत लग रही थी। मेहमानों से नज़रे चुराकर दोनों गाहे-बगाहे एक दूसरे की ओर देख मुस्कुरा पड़ते, यह देख क्षण भर के लिए नंदिनी थोड़ी-सी असहज हो गई थी। "आज आपकी नंदिनी होती, उस लड़की की जगह ...." किसी ने उसकी माँ के पास धीरे-से कहा। नंदिनी अनसुना करने की कोशिश कर ही रही थी कि तभी उसे अपने कॉलेज की विभागाध्यक्षा डॉ. मंजुल सक्सेना दिखीं और नंदिनी लगभग दौड़ कर उनसे मिलने चली गई। करीब पहुँच कर उनके पैर छूए तो उन्होंने उसे गले से लगा लिया।

"बहुत-बहुत बधाई नंदिनी. सफर की शुरुआत के लिए बहुत शुभकामनाएँ। बेटा, समाज में अच्छे परिवर्तन लाओ और खूब नाम कमाओं।" दोनों की आँखों में खुशी के आँसू थे। नंदिनी ने देखा कि वे अकेली ही आई थीं। अचानक उसे एहसास हुआ कि इतिहास और पुरातत्व विभाग की हेड डॉ. मंजुल सक्सेना शायद अकेली ही हैं।

"इन्होंने विवाह नहीं किया? और आज तक कभी मेरा इस बात पर ध्यान ही नहीं गया!" - नंदिनी सोचने लगी। दोनों अपनी-अपनी खाने की प्लेट लेकर लॉन के कोने में लगी मेज के साथ लगी कुर्सियों पर बैठ गईं।

"अपनी ट्रेनिंग पर बहुत ध्यान देना और जहाँ भी पहली पोस्टिंग आती है, वहाँ के जन-सामान्य को जानने, समझने की भरपूर कोशिश करना।" फिर थोड़ा रुक कर डॉ. मंजुल सक्सेना ने कहा – "और हाँ, अकेले सफर असंभव तो नहीं, पर कोई अच्छा साथी मिल जाए तो मन के द्वार खुले रखना।" नंदिनी को एहसास हुआ कि उनमें भी स्वाभाविक स्त्री-मन है, जो आज उसके स्त्री-मन को मार्गदर्शन दे रहा है।

अचानक ज़ोर से ब्रेक लगने से, नंदिनी के विचारों की तंद्रा टूटी। आज जिले के कुछ गाँवों के महिला सरपँचों से मिल कर नंदिनी घर की ओर लौट रही थी। उसने देखा, गाँवों को पीछे छोड़ वह अपने शहर में प्रवेश कर चुकी थी, और एक चौराहे के करीब उसे भीड़ सी नजर आई।

"क्या हुआ जयदीप?" – नंदिनी ने अपने ड्रायवर से पूछा।

"मैडम, बाइक पर वह लड़का अचानक सामने आ गया और गिर पड़ा। "- ड्रायवर ने जवाब दिया।

नंदिनी ने अपने सहायक को लड़के को देखने के निर्देश दिए और कहा, "चोट लगी हो तो उसे तुरंत अस्पताल ले जाने की व्यवस्था करवाओ।" और ड्रायवर से गाड़ी किनारे लेने को कहा.

तभी उसने देखा सामने से आठ-दस लड़कियों का झुण्ड-सा चला आ रहा है और इसके पहले कि नंदिनी का सहायक लड़के के पास पहुँच कर कुछ पूछता, लड़कियों का झुंड वहाँ पहुँच गया। उनमें से एक लड़की ने उस लड़के की कॉलर पकड़ कर उसे उठाया, और ज़ोर से चिल्लाकर पूछा - "तुम्हारी एक लड़की को छूने की हिम्मत कैसे हुई? क्या समझते हो तुम, हम लड़कियों को ? ...."

"माफ करना बहन, दीदी ..." - लड़का हाथ जोड़ कर मिमियाने लगा। भीड़ इकट्ठा होती देख वह डर गया था। "आप ...आप.... सब मेरी बहन जैसी हो।"

"नहीं !!"- वह लड़की और भी गुस्से में चिल्लाई और बोली – "न हम तुम्हारी बहनें हैं, न बेटियाँ, रिश्ते बनाने की कोई ज़रूरत नहीं है .... हम लड़कियाँ हैं, महिलाऐं हैं, इंसान है, समाज का हिस्सा हैं। इज़्ज़त करना सीखो....." दमदार आवाज में वह लड़की बोली फिर पलटकर लड़कियों के समूह की ओर देखते हुए ज़ोर से आवाज दी – "नंदिनी !!!..."

"हाँ? ...." गाड़ी में बैठी हुई नंदिनी एकदम से बोल पड़ी, तो उसका ड्रायवर भी एक पल के लिए चौंक गया। नंदिनी गाड़ी से उतर पड़ी।

"मैडम आप बैठिए, कॉलेज के बच्चे हैं ..."- सहायक ने कहा, जो वापिस गाड़ी की ओर लौट पड़ा था।

नंदिनी ने उसे हाथ के इशारे से चुप किया, और स्वयं कार से टिक कर खड़ी हो गई और लड़कियों की ओर देखने लगी।

"नंदिनी, मारो थप्पड़ इसे ..." लड़कियों की भीड़ में से एक लड़की आगे आई जो गुस्से से तमतमा रही थी और उसने लड़के के गाल पर ज़ोर से एक तमाचा जड़ दिया। भीड़ तालियाँ बजाने लग गई। जिस लड़की ने लड़के को कॉलर से पकड़ रखा था, अपनी दमदार आवाज़ में पुनः बोली, "यहाँ तालियाँ बजाने की बजाय घर पर जाइए और अपने घर पर, अड़ोस-पड़ोस में सभी लड़कों को सिखाइये, लड़कियाँ उनकी जागीर नहीं। हिम्मत होती कैसे है इनकी हमसे बदतमीज़ी करने की? ज़रा सोचिए, आप अपने परिवार, समाज में अन्य लड़कियों और महिलाओं की कितनी इज़्ज़त करते हैं?" इतना कहकर उसने एक झटके से लड़के का कॉलर छोड़ा और अपनी सहेलियों के साथ चल पड़ी।

नंदिनी मुस्कुराते हुए पुनः गाड़ी में बैठी और ड्रायवर से कहा, "चलो जयदीप, गाड़ी स्टार्ट करो। पहले ऑफिस चलेंगे।"

---:---

समझौता

पोर्च में सितारे वाली गाड़ी, जिसके बोनट पर फौजी झण्डा भी लगा हुआ था, आकर रूकी। यूनिफॉर्म पहने एक व्यक्ति ने आगे बढ़कर गाड़ी का दरवाजा खोला और वीणा नीचे उतरी। वह मोतिया रंग की काथां काम वाली रेशमी साड़ी पहने हुए थी। दाएं कंधे पर महीन काम की पश्मीना शॉल लिए हुए, गले और कान में मोती पहने हुए वीणा का सम्पूर्ण व्यक्तित्व उसकी उत्कृष्ट पसंद से दीप्त हो रहा था। गाड़ी से उतरकर उसने अपने धूप के चश्में ऊपर कर बालों में फँसा लिए और गाड़ी में बैठे हुए अपने पति शशांक से, जो सेना में उच्च पद पर एक वरिष्ठ अधिकारी थे, कुछ बात की। दोनों ने एक दूसरे से हाथ हिला कर विदा ली और गाड़ी आउट-गेट से बाहर निकल गई।

बरामदे में खड़ी उसकी भाँजी रिया यह सब देख रही थी। पदोन्नति होने से उसका तबादला कंपनी के पूना ऑफिस में हुआ था। रिया नए पद पर जॉइन होने के एक सप्ताह पहले ही आ गई थी। कुछ समय अपनी वीणा मौसी के साथ रहने के बाद अपने फ्लैट में स्थाई होने वाली थी।

"क्या बात है मौसी, क्या स्टाइल है आपकी! कितने शानदार लग रहे हैं आप दोनों। मौसाजी की इतने सारे मेडल लगी यूनिफॉर्म, सेल्यूट करते लोग, उनके बगल में रानी की तरह बैठीं हुई आप। वाह! क्या रुतबा है।" –रिया अभिभूत होकर बोली। वीणा ने बरामदे की सीढ़ियाँ चढ़ते हुए प्यार से रिया के गाल पर थपकी दी और पूछा -"तो तुम्हारे लिए भी ढूँढ ले एक फौजी?"

"ना रे बाबा, हर दो-दो साल में मुझे नहीं भटकना और ऐसे तो मेरा करियर चौपट हो जाएगा! दूर-दराज कहाँ मेरी प्रोफाइल की जॉब मिल सकती है?" – वीणा के पीछे-पीछे चलते हुए रिया बोली।

"ऐसा नहीं है।" – कहते हुए वीणा सरकारी बँगले में प्रवेश कर गलियारे में आ गई। उसने अपना पर्स और गॉगल्स गलियारे में रखी दीवार से सटी अर्धगोलाकार मेज पर रखे। मेज के ऊपर दीवार पर टाँगे हुए, अखरोट की लकड़ी के नक्काशीदार फ्रेम में जड़े आईने में अपने बाल ठीक करते हुए वीणा ने अपनी बात को जारी रखा, "आजकल जो युवा अधिकारी आ रहें हैं, उनकी पत्नियाँ या तो स्वयं फौज में अफसर हैं, या सरकार के अन्य विभागों में कार्यरत हैं। ऐसे में वो अकसर अपनी पोस्टिंग भी एक जगह करवा लेते है। हाँ, कुछ अफसरों की पत्नियाँ प्रायवेट सेक्टर में भी कार्यरत है।"

"वीणा मौसी, आपने क्यों छोड़ी अपनी जॉब? हमें बचपन में इतना अच्छा लगता था, मम्मी बताती थी, आप पहली थी परिवार में, कंप्यूटर की दुनिया में कदम रखने वाली। एमसीए किया था न आपने?" – रिया ने पूछा।

"अरे, हम तो कंप्यूटर के क्षेत्र में पुराने ज़माने के हैं, वहीं रह गए। हमारी छोड़ो, अपनी बताओ ..." कहते हुए वीणा बैठक में आकर सोफ़े पर बैठ गई। उसने पैरों में पहने हुए ऊँची हील के सैंडल उतारे और तुरंत गहरी साँस छोड़ी, मानो सैन्डल ने ही उसकी साँस जकड़ी हुई थी। वीणा ने पीछे होकर सिर सोफ़े के सिरहाने पर टिका दिया। तब तक रसोई से उसकी घरेलू सहायक सुनीता ट्रे में दो गिलास हल्का कुनकुना पानी लेकर आ गई थी, वीणा ने पानी का गिलास उठाते हुए पूछा - "रिया बेटा, चाय पियोगी? या कॉफी?"

रिया हैरान थी, बोली - "मौसी, सुनीता भी फौज में है क्या? क्या परफेक्ट टाइमिंग है !!!"

"दी, खिड़की से दिख जाता है न, गाड़ी आ गई है, हमेशा बाहर से आने के बाद मैडम चाय लेते है, वो भी चढ़ा दिए है।" अपनी तारीफ सुनकर, सुनीता भी उत्साह से बोली।

"वाकई, सुनीता है, तो मैं हूँ, बहुत खयाल रखती है मेरा।" – वीणा ने स्नेहपूर्वक कहा।

"अरे नहीं, मैडम ने कितना किया हमारे लिए, मेरी बेटी का एडमिसन करवाया। अब पाँचवी में है, मेरे आदमी को भी काम दिलवाया, बैंक में मेरा अकाउंट खुलवाया और ...." – सुनीता गद्-गद् हुए बोले जा रही थी तभी वीणा ने हाथ से इशारा कर उसका बोलना बीच में ही रोक दिया। रिया ने देखा, वीणा की आँखें डबडबा आई थी। परंतु स्वयं को सहेज कर वीणा ने रिया से पूछा – "रिया, तुमने बताया नहीं, क्या पियोगी?"

"हम्म ....वैसे तो कॉफी का मूड है पर मुझे पता है आप को चाय पसंद है, तो चाय ही ...."

"अरे, दोनों बन जाएँगे," रिया को बीच में ही टोककर वीणा ने कहा, "सुनीता बहुत अच्छी कॉफी भी बनाती है और मुझे तो अदरक की चाय की तलब हो रही है, चलो लॉन में धूप में बैठते है। घर के अंदर तो ठंड है।" वीणा ने अपनी शॉल को अच्छे से लपेटा फिर उठते हुए सुनीता को चाय, कॉफी और साथ में केक लाने के निर्देश दिए और रिया को बगीचे में जाकर बैठने को कहा। फिर स्वयं अंदर जाकर आरामदेह जूते पहन बाहर आई और रिया के पास आकर कुर्सी पर बैठ गई। सुबह की हल्की धूप थी, चारों ओर क्यारियों में खिलते मौसमी फूलों के पौधे बहार पर थे। बँगले के चारों ओर बनी दीवार के बाहर और अंदर दोनों तरफ ऊँचे घने विविध प्रकार के वृक्ष थे। बिल्कुल शांत वातावरण में, हर थोड़ी देर में चिड़ियों की चहक सुनाई दे जाती, तो कभी तरह-तरह के कीट, तितलियों, भौरों की हल्की भिनभिन की आवाज़ें सुनाई दे जाती। सुनीता टिकोज़ी से ढकी दो छोटी केतलियों में चाय और कॉफी ले आई, और साथ ही दो खाली कप, प्लेट में दो प्रकार के केक

और नमकीन भी ले आई। सुनीता ट्रे मेज पर रख कर चली गई, तो रिया ने केतलीयों से कपों में चाय और कॉफी उड़ेलते हुए पूछा, "तो मौसी, कैसा रहा आपका स्कूलों में झंडावंदन और छब्बीस जनवरी का सांस्कृतिक कार्यक्रम?"

"बहुत अच्छा, दो बच्चों ने स्पीच भी बहुत अच्छी दी। बच्चों का आत्मविश्वास और पब्लिक स्पीकिंग स्किल्स बढ़ाने के लिए हम हर मौके पर उनसे अपने विचार प्रस्तुत करने को कहते हैं।"– वीणा ने चाय पीते हुए कहा।

"वैसे आप लोगों का जीवन है तो बहुत अच्छा। सभी जगह अनुशासित, सभ्य, वेल-बिहेव्ड लोग। हर थोड़ी देर में मौसाजी को सेल्यूट करते जवान और अधिकारी, साफ सुथरा और शांत कॅम्पस और इतने खूबसूरत बाग बगीचों वाला घर! शाश्वत भैया और वेदिका ने देखा या नहीं ये घर?" – रिया ने केक खाकर हाथ झाड़ते हुए पूछा।

"दिवाली या फिर दिसंबर में आएँगे दोनों बच्चें। उन दोनों के ऑफिस से मिलने वाली छुट्टी पर निर्भर है। बच्चों को फौजी घरों का अब कोई आकर्षण नहीं रहा।" – वीणा ने मेज पर रखी पीतल की उरली में भरे पानी में तैरते गज़निया और गुलदाउदी के फूलों के बीच अपनी ऊँगली घुमाते हुए कहा, "लेकिन ये जो सब तुम्हे दिख रहा है, ऐसा हमेशा नहीं होता। इसके लिए कितनी बार एक कमरे के घर में, तो कभी पूर्वी भारत में बाशा में, कभी श्रीनगर की बर्फीली, अंधेरी ठंड में इंसुलेटेड मेटल शीट के बने कमरों में, कभी दो कमरों के अस्थाई घरों की टपकती छतों के नीचे भी ज़िंदगी बसानी होती है।" अचानक उसे उरली के ठंडे पानी का एहसास हुआ और वीणा ने अपनी ऊँगली झटके से पानी से बाहर निकाली, और शॉल में लपेट ली फिर उसे हल्के-हल्के सहलाते हुए, मानो अपनी ही यादों को जतन से सहला रही हो, उसने आगे कहा - "फील्ड पोस्टिंग हो तो परिवार साथ नहीं रह सकता। पहले तो कई दिनों तक बात भी नहीं हो पाती थी। अब ऐसा नहीं है। अब मोबाइल और इंटरनेट से चौबीसों घंटे संपर्क में रहने की

सुविधा है। हमने तो चिट्ठियों के सहारे भी महीनों गुज़ारें हैं।" – वीणा मानो अतीत में खोती हुई सी बोली.

"वाह, रोमांचक, पर हमेशा के लिए नहीं रे बाबा, इसके लिए तो बहुत हिम्मत चाहिए। आप पूछ रहीं थी न, फौजी पति चाहिए क्या? मुझमें नहीं है हिम्मत, जंगलों में, दूर-दराज अकेले बिना किसी सुविधा के रहने की। हैट्स ऑफ टू यू मौसी एण्ड आल फौजी वाईव्स! पर मैं नहीं ... आय एम अ सिटी गर्ल !" – रिया ने दोनों हाथ हवा में हिलाते हुए कहा।

वीणा मुस्कुरा दी और बोली -"इसीलिए तो ज़िंदगी को भरपूर जीते हैं फौजी और उनके परिवार वाले। पता नहीं कल क्या हो। सब साथ रहते हैं। एक परिवार वाली फीलिंग होती है। अच्छा सुनो, कल तुम्हारा फ्लैट देखने चलना है न, थोड़ा जल्दी तैयार हो जाना। मुझे सुबह नौ बजे वेल्फेयर ऑफिस जाना है, वहीं से निकल पड़ेंगे। मेरा काम होने के बाद तुम्हारे लिए गाड़ी भिजवा दूँगी।"

"वाह मौसी! गाड़ी भिजवाओगे ? सच ? ...."

"सरकारी नही, हमारी अपनी।" रिया की आँखों में चमक देखकर, वीणा ने उसे बीच में ही टोक कर कहा "सरकारी गाड़ियाँ सिर्फ सरकारी कामों के लिए होती है।"

दूसरे दिन वीणा फौजी परिवारों के कल्याण से संबंधित कार्यों का जायज़ा लेने वेल्फेयर दफ्तर पहुँची। जिसके अंतर्गत, विशेष बच्चों का शिक्षण, विधवा फौजी पत्नियों को आजीविका या नौकरी दिलवाने का प्रयास, महिला ड्राइविंग स्कूल, महिला स्वास्थ्य शिविर, विभिन्न हुनर प्रशिक्षण आदि की सुविधा मुहैया कराई जाती। सारे कार्य हो जाने के बाद उसने रिया को बुलवा लिया। रिया जब वेल्फेयर दफ्तर पहुँची, तो अभिभूत हो गई. "अरे वाह, आपका भी एक ऑफिस है! आपने फौज कब जॉइन की?" – रिया ने मासूमियत से पूछा।

वीणा हँस पड़ी, "मैंने फौज नहीं जॉइन की है। फौजी परिवार में पत्नियों एवं बच्चों के स्वास्थ्य, शिक्षा, खेलकूद, कला और अन्य

गतिविधियों से संबंधित कार्यों को देखने के लिए एक वेल्फेयर विभाग होता है। इस जगह के सर्वोच्च अधिकारी की पत्नी होने से यह मेरी जिम्मेदारी है कि इन कार्यों को सुचारू रूप से चलाने में अपना योगदान दूँ। इसकी कोई तनख्वाह नहीं होती है, यह समाज कल्याण का कार्य है।" – वीणा ने समझाया.

"अच्छा है, आपका वक्त भी अच्छे से कट जाता होगा और लोगों की भी मदद हो जाती है ...." -रिया ने सहजता से कहा, परंतु वीणा थोड़ी देर के लिए असहज हो गई। "वक्त कट जाता होगा ..." यह वाक्य उसके कानों में गूँजता रहा। उसे फौजी जीवन के एक तरह के सतत अकेलेपन की चुभन फिर से महसूस हुई।

वीणा और रिया वेल्फेयर ऑफिस से निकल ही रहे थे कि सामने से एक युवती आती हुई दिखाई दी। जब वह करीब आई तो वीणा ने उसे पहचान लिया। वह अंकिता थी, एक युवा फौजी अधिकारी की पत्नी। उनकी शादी को लगभग दो वर्ष हो गए थे, और वे लोग तीन-चार महीने पहले ही यहाँ पोस्टिंग पर आए थे। वीणा को अचानक याद आया, उसी ने अंकिता को आज मिलने बुलाया था। अब वह उसे टाल नहीं सकती थी।

"रिया, मुझे इन्हे मिलना है. तुम चाहो तो यहाँ लायब्रेरी, स्पेशल बच्चों का स्कूल और अन्य गतिविधियों को देख कर आ सकती हो, शायद कुछ सुझाव भी दे सको। चाहो तो बाहर वाले कमरे में इंतजार करो।"

अंकिता तब तक, बरामदे की सीढ़ियाँ चढ़ कर ऑफिस के गलियारे में आ चुकी थी, वीणा ने रिया से उसकी पहचान करवाई और उसे अंदर आने को कहा। रिया और अंकिता लगभग हमउम्र ही थे. वीणा को पुन: ऑफिस में प्रवेश करते हुए वह दिन याद आ गया जिस दिन अंकिता का उसे फोन आया था।

अंकिता ने पोस्टिंग पर आते से ही एक दिन सुबह वीणा को फोन किया था और उससे घर पर अकेले मिलना चाहा था। फोन पर उसकी

आवाज सुनकर ही वीणा को लगा था कि वह बहुत परेशान है। वीणा ने उसी दिन दोपहर बारह बजे अंकिता को अपने घर बुला लिया था।

तय वक्त पर जब, अंकिता वीणा के घर के बगीचे के गेट पर पहुँची, बरामदे में बैठी वीणा उसे दूर ही से देखकर थोड़ी हैरान हुई और सोचने लगी इसे क्या परेशानी हो सकती है? गौर वर्ण की अंकिता, लंबी और आकर्षक व्यक्तित्व की स्वामिनी थी। नीली जींस और स्लेटी और सफेद धारियों वाला टॉप पहने, कंधे पर गहरा नीला छोटा सा स्लिंग बैग लटकाए, तरतीब से बनाए हुए कंधे तक झूलते गहरे भूरे बाल, होंठों पर हल्की लिपस्टिक और चेहरे पर स्मित मुस्कान लिए जब उसने वीणा को देखा तो हल्के से गर्दन झुका कर बोली, "गुड आफ्टरनून, मिसेज अवस्थी।"

वीणा को उसके एक छात्रा समान भोले अंदाज़ पर प्यार उमड़ आया था। उसने अंकिता को मुस्कुराकर अंदर आने के लिए कहा। हालाँकि बाहर मौसम अच्छा था, और माली ने बगीचे में कुर्सियाँ भी लगा दी थी। परंतु मिलने का औचित्य और बातचीत का विषय नाजुक हो सकता है इसलिए उसने अंकिता को अंदर बैठक में बुला लिया।

अंकिता की बातों से पता चला कि अंकिता की शादी को लगभग दो वर्ष पूरे होने को थे। उसने नागपूर से आर्किटेक्चर में शिक्षा प्राप्त की थी और विवाह के पहले वहीं की एक कन्स्ट्रक्शन फर्म में कार्यरत थी। उसकी सहेली मानसी, जो भारतीय सेना में एक अधिकारी के रूप में कार्यरत थी, के विवाह में अंकिता की मुलाकात वीरेंद्र से हुई थी। वह मानसी के पति कौशल का दोस्त था। "मीट माय कोर्स बडी वीरेंद्र, और वीर, ये है आर्किटेक्ट अंकिता.....मानसी की दोस्त।" – कौशल ने उनका परिचय करवाया था। अंकिता ने देखा, छह फुट से भी ज्यादा ऊँचाई, रौबीला व्यक्तित्व, भूरी आँखें, घनी मूँछें, पैनी नाक और चेहरे पर मुस्कान।

"हैलो अंकिता" एक भारी, गहिरी और अधिकारिक आवाज में अपना नाम सुनकर अंकिता रोमांचित हो उठी थी। एक अजीब सी

सिरहन उसे अपने शरीर में महसूस हुई थी जो उसके होंठों पर हल्की सी मुस्कान में बदल गई।

"ओ, हाय..." अंकिता ने हड़बड़ा कर जवाब दिया था, मानो कोई तंद्रा टूटी हो।

"वीरेंद्र सिंह!.... मानसी, ये किसी राजघराने का है क्या? कितना रौबीला अंदाज है। गहरी और भारी आवाज़ है इसकी!" अंकिता ने धीरे-से मानसी को पूछा।

मानसी हँस पड़ी और बोली "राजघराना ! पता नहीं, हाँ जयपुर से है वीरेंद्र।" अंकिता स्वयं अपने ही व्यवहार से अचंभित थी। महत्वाकांक्षी, अपने काम में डूबी रहने वाली अंकिता कभी किसी से इस तरह प्रभावित नहीं हुई थी। "पहली ही मुलाकात में ऐसा महसूस करने के लिए मैं कोई टीनएजर हूँ क्या?"- अंकिता मानो अपने ही दिल को दलीलें दे रही थी. वीरेंद्र के प्रभावशाली व्यक्तित्व, दुनिया भर के विषयों पर अर्थपूर्ण वार्तालाप करने की क्षमता, महिलाओं से बात करने का सलीका इन सभी बातों ने अंकिता को प्रभावित किया था। वीरेंद्र भी पहली ही मुलाकात में अंकिता को पसंद कर बैठा था। यह बात उसकी सहेली मानसी ने जान ली थी। मानसी, जिसका विवाह उसी के समकक्ष सेना अधिकारी कौशल से हुआ था, अंकिता को फौज के सामाजिक जीवन के बारे में बताती रहती थी कि कैसे महिलाओं के साथ सम्मान से पेश आना फौज की जीवन शैली का एक अभिन्न भाग है। मानसी अकसर उसे बताती कि फौज में पारिवारिक जीवन को बहुत महत्व दिया जाता है। फौजी पत्नियों का भी सामाजिक गतिविधियों में काफी योगदान रहता है। यह सब सुनकर अंकिता फौजियों और फौजी जीवन से अभिभूत हो चुकी थी। वीरेंद्र से मुलाकात के बाद, उन दोनों के बीच मित्रता बढ़ने लगी थी। फोन पर होने वाली लंबी बातें और वीरेंद्र के हर बार नागपूर आने पर होने वाली मुलाकातों से, अंकिता को एहसास हुआ कि मित्रता नया मोड़ ले रही है, और वही हुआ। ऐसी ही एक मुलाकात में वीरेंद्र ने उसके सामने विवाह का प्रस्ताव रख दिया। अंकिता को वीरेंद्र पसंद तो था ही, रिश्ता भी एक

अनकहे प्रेम में बदल ही गया था। लेकिन अंकिता के लिए उसका काम भी बहुत महत्वपूर्ण था। वह जानती थी कि फौजियों की पोस्टिंग तो हर दो साल में होती है और कई बार दूर दराज छोटी सी जगहों पर भी। तब ऐसे में वह अपना काम कैसे कर पाएगी? यह सवाल उसे परेशान करता। वीरेंद्र ने मानो सब कुछ पहले से सोच कर रखा था। बहुत ही गंभीरता से अंकिता की आँखों में देखते हुए बोला, "देखो, अभी तो मैं बड़े शहर में पोस्टेड हूँ, तो तुम्हे वहाँ ज़रूर कुछ काम मिल जाएगा, और तुम्हारा प्लानिंग, डिज़ायनिंग का काम तो ऑनलाइन भी हो सकता है। मेरे एक सीनियर हैं, उनकी पत्नी रेविन्यू अफसर है, वो भी अपना वहीं ट्रान्सफर करवा लेतीं हैं, जहाँ भी सर की पोस्टिंग होती है। हाँ बीच-बीच में कुछ महीनों का गैप हो जाता है। तो क्या? उतना एडजस्ट तो हम कर ही लेंगे। क्यों?" – मुसकुराते हुए, अंत में प्रश्न पूछ कर वीरेंद्र ने मानो अंकिता को पुन: उलझा दिया था। अंकिता एक ही समय में इतनी विरोधाभासी भावनाओं से एक साथ कभी नहीं गुज़री थी। एक तरफ उसका करियर और दूसरी तरफ उस इंसान का साथ, जिसे वह दिल से चाहने लगी थी। "ऐसा हमेशा लड़कियों के साथ ही क्यों? लड़के भी तो शादी के बाद शिफ्ट हो सकते हैं, पर फौजियों का क्या? वो तो ऐसा नहीं कर सकते।" – अंकिता ने सोचते हुए कॉफी का कप उठाया और धीरे से सामने बैठे वीरेंद्र को देखा, जो अपनी ठोड़ी को हाथ के अँगूठे और उँगलियों में फसाएँ, पैनी दृष्टि से अंकिता की ओर एकटक देख रहा था। उसके होंठों पर वही निश्चिंत सी मुस्कान थी। अंकिता सिहर सी उठी, मानो वीरेंद्र ने उसे छू लिया हो।

"रीलैक्स ! .... टेक योर टाइम" – वीरेंद्र ने कॉफी का कप उठाते हुए कहा।

"आय विल थिंक ..." अंकिता ने अपने पिघलते अंतस को संभालने का भरकस प्रयत्न करते हुए कहा। वह तुरंत कोई जवाब नहीं देना चाहती थी। "एण्ड आय विल वेट. इंतज़ार करूँगा।" कहते हुए वीरेंद्र ने उसके हाथों को अपने हाथों में लेकर हल्के से चूम लिया।

कुछ ही महीनों बाद अंकिता और वीरेंद्र विवाह सूत्र में बँध गए। शादी के बाद फौज में अंकिता का ज़ोरदार स्वागत हुआ। यूनिट के परिवार और वीरेंद्र के फौजी दोस्त हर वक्त किसी भी मदद के लिये भागदौड़ करने को तैयार रहते। वरिष्ठ अधिकारियों की पत्नियाँ हमेशा फोन कर पूछताछ करती रहतीं कि वह ठीक से इस नए माहौल में सहज हो गई है या नहीं। कभी पिकनिक कभी चाय-पार्टी, कभी यूनिट के औपचारिक समारोह में मिलते हुए, अंकिता स्टेशन में सभी लोगों को लगभग जान गई थी, और उसे यह एहसास हो गया था कि फौज एक बड़े परिवार की तरह है। उसने देखा किस तरह अचानक किसी फौजी के किसी काम से अन्य जगह जाने के बाद पत्नी अकेली घर, बच्चे परिवार सारी जिम्मेदारी बखूबी संभालती है। किसी को नहीं पता होता है कब क्या खबर होगी, इसीलिए हर पल को भरपूर जी लेतीं हैं सभी। सबके लिए उसके मन में एक सम्मान की भावना घर कर गई थी और उसे स्वयं पर भी गर्व होने लगा था कि वह भी इस समुदाय का हिस्सा बन गई है। इसके पहले कि वह उस शहर में अपने लिए कुछ काम ढूँढ पाती, वीरेंद्र की पोस्टिंग एक दूर-दराज क्षेत्र में आ गई। वहाँ पहुँचने पर अंकिता को दिन पहाड़ की तरह लगते। वह अब उकताने लगी थी। उस छोटी सी जगह में करने के लिए अंकिता के पास कुछ नहीं था। उसकी उम्र के नव-विवाहित युगल तो थे, परंतु अधिकतर फौजी अफसरों की पत्नियाँ भी फौज में अधिकारी थीं और बाकियों की गृहस्थी की गाड़ी काफी आगे थी तो वो सब बच्चों और परिवार में मसरूफ़ रहतीं थी। जंगलों के बीच, इंटरनेट भी ठीक से नहीं चलता था। इसलिए अपना कार्य ऑनलाइन भी नहीं कर पा रही थी। वीरेंद्र अलग-अलग मिशन पर लंबे समय के लिए अचानक चला जाता, तब वह पीछे से अकले रह जाती। हर बार उठ कर नागपूर चले जाना भी अंकिता के लिए संभव नहीं था। शादी के बाद अंकिता को धीरे-धीरे पता चला, वीरेंद्र के घरवाले सम्पन्न तो थे, परंतु पुरानी विचारधारा के थे। वे अंकिता से जल्द से जल्द संतान की अपेक्षा कर रहे थे और अंकिता के काम करने के पक्ष में भी नहीं थे। वीरेंद्र अपनी सारी छुट्टियाँ अपने माता-पिता के साथ ही व्यतीत करता था। विवाह के कुछ महीनों

पश्चात ऐसी बातों से दोनों के बीच तनाव रहने लगा था। एक आर्किटेक्ट के रूप में सफलतापूर्वक कुछ वर्ष कार्य करते रहने के बाद अंकिता के लिए बिना किसी काम के यूँ छोटी सी जगह पर रहना मुश्किल होता जा रहा था। इस तरह अंकिता के काम में आया हुआ विराम, वीरेंद्र का अधिक से अधिक व्यस्त रहना इन सब से दोनों के बीच तनाव और झगड़े बढ़ने लगे थे। इस हद तक कि अंकिता सोचने लगी, वीरेंद्र ने उससे विवाह सिर्फ इसलिए किया है मानो वह उसके जैसी आत्मनिर्भर लड़की से विवाह कर किसी को कुछ साबित करना चाहता था। अंकिता को एहसास हुआ, जब भी वह फैसले लेती, वीरेंद्र को वो सहज स्वीकार नहीं होते। वह अब अंकिता पर, उसके माता-पिता की इच्छानुसार परिवार प्रारंभ करने के लिए दबाव डालने लगा था। इस वीरेंद्र को तो अंकिता बिल्कुल नहीं जानती थी। वह बहुत परेशान रहने लगी थी क्योंकि अब दोनों के बीच कोई भी वार्तालाप भयंकर झगड़े का रूप ले लेता। फौज की ट्रेनिंग ने वीरेंद्र को महिलाओं के साथ इज़्ज़त से पेश आना तो सीखा दिया था, परंतु ये सब महज ऊपरी सामाजिक व्यवहार के तौर पर ही था। बचपन से बड़े होने तक जिस विचारधारा के माहौल में वह पला बड़ा था, वहाँ उसने महिलाओं को घर के पुरुषों की बात बिना किसी विरोध के मानते हुए ही देखा था और निर्णय भी घर के पुरुष ही लेते थे। ऐसे में अंकिता की तार्किक शक्ति, आत्मविश्वास, निर्णय क्षमता जिसका वह कायल था, वही गुण अब उसके उसके अहं को ठेस पहुँचाते, क्योंकि परिवार में वह उपहास का पात्र बन जाता था। अंकिता की सुलझी हुई वैचारिक शक्ति के चलते दोनों में बहस और झगड़े होते।

सब कुछ बताते हुए अंकिता का चेहरा तनावग्रस्त हो गया था. "हद उस दिन हो गई जब वीरेंद्र का हाथ मुझ पर उठ गया।"

यह सुनकर वीणा एकदम सकते में आ गई थी।

"और मिसेज अवस्थी, मैं उस रात अपमान और गुस्से में गाड़ी निकाल कर चल पड़ी, जंगल में कहाँ जाती? फौजी कॅम्पस में ही तेजी से चलाते हुए एक पेड़ से मेरी कार टकरा गई, और वीरेंद्र जो पीछे-

पीछे बाइक पर मुझे ढूँढने निकला था, वही मुझे अस्पताल ले गया। फिर बात कमांडिंग अफसर और उनकी वाइफ तक पहुँची, और उसके बाद तो हमारे रिश्ते...." – कहते हुए अंकिता दो पल के लिए रूकी। वीणा ने पानी का गिलास उसकी ओर बढ़ाया, अंकिता का गला तो सूख ही गया था, वह गटागट पानी पी गई।

"थैंक यू मिसेज अवस्थी...." गिलास नीचे रख कर अंकिता अपनी पिछली पोस्टिंग की घटनाओं के बारे में बताते हुए आगे बोली, "दूसरे दिन ही वीरेंद्र को, करियर कोर्स के लिए जाना था, और हम दोनों को काउंसलिंग के लिए बुलाया गया। हमारे झगड़ों की वजह उसकी और मेरी फॅमिली के बीच विचारों का इतना अंतर, कि मुझे अपने आप को अन्डर प्ले करना पड़ता, सिर्फ इसीलिए जिससे वीरेंद्र ही सब की नज़रों में बना रहे। मुझसे ससुराल में एक गूँगी सजी-धजी गुड़िया की तरह जीने की अपेक्षा और यहाँ अपना करियर ताक पर रख कर वीरेंद्र को हर हाल में सपोर्ट करने की अपेक्षा ....यह सब क्या मेरे लिए बहुत ज़्यादा नहीं है?..... मैं जानती हूँ, एक फौजी की पत्नी होना आसान नहीं, परंतु वीरेंद्र ने भी तो .... इस तरह तो वह कभी भी वायलेंट हो सकता है न ...." थोड़ी देर फर्श पर बिछे कालीन को देखती रही थी अंकिता। फिर गहरी साँस लेकर बोली -"तब वहाँ की कमांडिंग अफसर की पत्नी ने मुझे ही समझाया, कि एक फौजी का जीवन कितना कठिन होता है, वह आज है, कल शायद नहीं। उन्होंने माना कि वीरेंद्र ने हाथ नहीं उठाना चाहिए था और उन्होंने मुझे आश्वासन भी दिया कि वीरेंद्र को समझाया जाएगा क्योंकि यह सरासर गलत है, परंतु अभी इससे अधिक कुछ नहीं किया जा सकता। तुम अपनी शादी को थोड़ा वक्त दो। एक फौजी का जीवन क्या होता है, इसे अच्छे से जानो और इसमें तुम्हारा कितना महत्वपूर्ण योगदान हो सकता है, इस बात को समझो। कल वीरेंद्र वरिष्ठ अधिकारी बनेगा, तब तुम्हारे ऊपर भी बाकि फ़ौजीयों के परिवारों के प्रति जिम्मेदारियाँ होंगी।"

"मिसेज अवस्थी, माफ कीजिएगा, परंतु मुझे ऐसा लग रहा था, मानो वे रटे-रटाए वाक्य बोल रहीं थीं.... खैर, फिर हमारी यहाँ पोस्टिंग आ

गई और अब शायद हमारी कहानी यहाँ भी पहुँच गई है …. लेकिन मैं अब वीरेंद्र के साथ शायद नहीं रह सकती, क्योंकि कुछ भी नहीं बदला है। अब तो वीरेंद्र ने मुझसे कह दिया है, कि वह अपने माता-पिता की इकलौती संतान है, और मुझे उनके अनुसार परिवार जल्द ही आगे बढ़ाना होगा। मुझे अपना करियर भी भूल जाना होगा क्योंकि पैसों की कोई कमी नहीं है। क्या कहूँ? इस रिश्ते में मेरा दम घुटता है, अब बिल्कुल भी सम्मानित नहीं लगता। काउंसलिंग में वीरेंद्र को क्यों नहीं समझाया जाता है कि कौन सी लड़की इस तरह का जीवन जीना चाहेगी? इस रिश्ते को मैंने बहुत मौके दिए है, इस रिश्ते के प्रति वीरेंद्र की कोई जिम्मेदारी नहीं है क्या? ….” – अंकिता थक चुकी थी.

वीणा ने अंकिता का हाथ थपथपाया, और उसे चाय के लिए पूछा। वीणा समझ गई थी कि अंकिता मानसिक रूप से थक चुकी है लेकिन उसके मन में वीरेंद्र के लिए अब भी भावनाएँ जीवित है इसलिए वह इस रिश्ते को एक आखिरी मौका देना चाहती थी। परंतु मानती थी कि वीरेंद्र को अपना रूख बदलना चाहिए। अंकिता की बातों से वीणा इतना तो समझ ही गई थी कि अंकिता बेहद आत्मनिर्भर और होशियार लड़की है। वह विवाह के पहले एक आर्किटेक्ट के रूप में कार्यरत थी। अपने जीवन के निर्णय स्वयं लेने में सक्षम है। आर्थिक रूप से आत्मनिर्भर रही है, और इस तरह घर में बंद होकर, किसी और के बताए गए मार्ग पर चुपचाप नहीं चल सकती। उसने अंकिता को आश्वस्त कर विदा किया। शाम को अपने पति शशांक से इस बात पर चर्चा करेगी, यह तय कर वह दिसंबर की अन्य गतिविधियों के बारे में सोचने लगी। कई बार रात के खाने के बाद, हल्का संगीत लगाकर बैठक में लैम्प की मद्धम रोशनी में वीणा और शशांक कॉफी पीते हुए परिवार, दोस्त या कैंपस में सबके क्या हालचाल है, इन सब बातों की चर्चा करते। वह ऐसा ही मौका ढूँढ रही थी। शशांक के अत्यंत व्यस्त रहने से वीणा को तसल्ली से बात करने के लिए सप्ताहांत तक रूकना पड़ा था। सप्ताहांत की शाम को कुक से शशांक की पसंद के हरे कबाब बनाने को कह, वीणा लिविंग रूम में आकर बैठी। उसने देखा,

शशांक अच्छे मूड में अपनी पसंद के गानों को हल्के से गुनगुना रहे थे। वीणा के आते ही शशांक ने वाइन की बोतल खोली और दो वाइन गिलासों में थोड़ी-थोड़ी वाइन डालकर एक गिलास वीणा की ओर बढ़ाया। वीणा ने गिलास लेते हुए एक अभ्यस्त मुस्कुराहट के साथ शशांक से पूछा, "क्या बात है? बहुत खुश नज़र आ रहे हो?"

"बस, सब अच्छा काम कर रहे हैं, सब सुचारू ढंग से चल रहा है। चीयर्स !"- शशांक ने एक संतुष्टि के भाव से कहा।

"चीयर्स..." वीणा ने मुसकुराते हुए कहा। वह अब अभ्यस्त हो चुकी थी कि मन कैसा भी हो, यूनिफॉर्म की खुशियाँ मनानी है और परम्पराएँ भी निभानी है।

"काफी नए अफसरों ने भी जॉइन किया हैं न हाल ही में? कोई वीरेंद्र भी है क्या?" – वीणा ने अपने स्वर में भरकस सहजता लाते हुए पूछा.

"वीरेंद्र ? .... यस यस. तुम्हे पता है ? वीरेंद्र को प्रशस्ति पदक मिला है। फौज में उसका फ्यूचर ब्राइट है। उसने देश के आंतरिक मिशन पर लगातार मुस्तैदी से डटे रहकर मिशन को सफल किया है। मुझे गर्व है कि ऐसा अफसर हमारे साथ यहाँ है। हो सकता है मित्र देशों के साथ सामरिक अभ्यास के लिए भी उसका चयन हो जाए।" – शशांक ने उसकी उपलब्धि पर गर्व जताते हुए कहा।

"अरे वाह! यह तो अच्छी बात है। पर शशांक तुम्हे पता है? उसके घर पर क्या चल रहा है? क्या तुम उसे समझा सकते हो? घर पर इतनी अस्थिरता के चलते वह कैसे अच्छा परफॉर्म कर सकता है?"- वीणा ने आशंकित स्वर में पूछा।

"हाँ, सब पता है। यह फौज है। कमॉन वीणा, तुम्हारे लिए तो यह सब रूटीन मैटर हो जाना चाहिए।" पहले सख्त स्वर में शशांक ने उत्तर दिया फिर अपने स्वर को नरम कर शशांक ने कहा -"वीणा, यहीं पर तो तुम जैसी समझदार, वरिष्ठ महिलाओं का काम है। समझाओ उसकी पत्नी को। मानता हूँ, वीरेंद्र ने एक बहुत बडी गलती की, अपनी पत्नी

पर हाथ उठाकर। परंतु इसके लिए उसे वॉर्निंग मिल चुकी है और काउंसलिंग भी हो चुकी है। एक फौजी की ट्रेनिंग कई सालों तक होती है। सरकार उस पर इतना पैसा खर्च करती है, उसे तैयार करती है, जिससे देश की सुरक्षा में वह काम आ सके। उसके जीवन काल में और मरणोपरांत भी उसके परिवार का खयाल रखा जाता है। इस तरह छोटी-छोटी बातों को तूल देकर एक फौजी के भविष्य को बर्बाद नहीं किया जा सकता....और देखो, फौज सलीके सिखा सकती है, पारिवारिक मानसिकता के गहरे पैठे संस्कार नहीं बदल सकती।" – बात समाप्त करते-करते शशांक के स्वर में एक हल्की सी झुंझलाहट आ चुकी थी।

वीणा सोचने लगी, "छोटी बात?" पर बोली कुछ नहीं।

वीणा को चुप देखकर, शशांक ने उसे समझाने की कोशिश की और कहा - "देखो वीणा, मुझे अपने कार्यकाल में इस तरह की बेवकूफियाँ नहीं चाहिए। हम बहुत मेहनत से यहाँ पहुँचे हैं और एक अच्छे कमांडर के रूप में अपनी साख बनाई है। अपना करियर छोड़कर तुमने भी तो बच्चे, घर सब अकले ही संभाला है। कितनी बार तो नॉन-फॅमिली स्टेशन पर पोस्टिंग रही है।" फिर थोड़ा रुक कर शशांक ने अपनी बात जारी रखी – "आर्किटेक्ट है ना वह? क्या नाम है? अंकिता. पता होना चाहिए उसे, फौजी से शादी कर रही है तो कैसी दिक्कतों का सामना करना होगा। वीरेंद्र एक बहुत काबिल अधिकारी है। एक पत्नी के रूप में वह वीरेंद्र का साथ देगी तो उसे भी तो आगे जाकर एक उच्च अधिकारी की पत्नी होने का गौरव प्राप्त होगा। ठीक है, यंग बच्चे है, पर तुम समझाओ उसे." शशांक का स्वर फिर निर्विकार होने लगा था।

"लेकिन शशांक, पत्नी पर हाथ उठ जाना, पत्नी को माता-पिता की इच्छा के आगे मजबूर कर नौकरी करने से मना करना, ऐसा एक फौजी करेगा यह कौन सोच सकता है?" - वीणा ने अपनी बात को फिर से कहने की कोशिश की। परंतु शशांक की बातों से वह समझ गई थी कि अब उसे अपने पति की तरफ से सहयोग नहीं मिलने वाला था।

शशांक और वीणा के बीच इस वार्तालाप को हुए महीना भर गुज़र चुका था। अंकिता कुछ दिनों के लिए नागपूर चली गई थी। वीणा की आँखों के सामने बार-बार अंकिता का तनावग्रस्त चेहरा आ जाता। क्या वीरेंद्र से जो वह चाहती है, गलत है? शशांक का दो टूक रवैया सही है? अंकिता की उससे अपेक्षाऐं और पति की कही हुई बातें, दोनों के बीच सारी कशमकश से गुज़रने के बाद वीणा अपने आप को पूरी तरह तैयार कर चुकी थी, अंकिता से बात करने के लिए।

आज वह दिन आ गया था। उसने बाहर खड़े अर्दली को किसी को भी अंदर आने से मना करने के निर्देश दिए और अंकिता को अपने साथ अंदर ऑफिस में आने के लिए कहा। अंकिता उसके सामने कुर्सी पर बैठ गई। वीणा अपने मन को एक निर्विकार और स्थिर भाव में ले आई। फिर शशांक ने जैसा उससे कहा था, ठीक वैसा ही उसने अंकिता के सामने उगल दिया।

वीणा की सारी बातें सुनकर अंकिता कुछ क्षण उसे घूरती रही। वीणा के स्त्री-मन की नज़रें नीचे झुक गई थी।

"ओह! ..... अब आप भी!"- अंकिता के मुख से प्रथम यही शब्द प्रतिक्रिया के रूप में निकले। वह हल्के से मुस्कुराई फिर स्थिर स्वर में बोली - "मैं तो आज अपना फैसला बताने आई थी। क्योंकि आप मुझे कुछ अलग लगी थीं। खैर, थैंक यू फॉर योर टाइम, मिसेज अवस्थी। मैं अब चलती हूँ।" यह कहकर वह कुर्सी से उठ खड़ी हुई, हाथ जोड़कर मुस्कुराई फिर मुड़ कर वेल्फेयर दफ्तर के दरवाज़े से तेज़ कदमों से बाहर निकल गई।

वीणा अपनी कुर्सी पर सन्न बैठी रह गई।

---:---

किस्सा ब्रंच का

फरवरी का पहला सप्ताह, न कड़कड़ाती ठंड, न धूप का असह्य ताप। बच्चों की परीक्षाओं में भी अब थोड़े ही दिन बचे थे इसलिये न किसी के यहाँ रिश्तेदार आए हुए थे, न कोई छुट्टी पर गया हुआ था।

"बिल्कुल सही वक्त है, ब्रंच रखने का" - यही सोच कर शिल्पी ने आज अपनी कॉलोनी की कुछ महिलाओं को ब्रंच पर बुलाया था। सभी अलग-अलग उम्र की थीं। एक या दो से तो वह कॉलोनी के पार्क में घूमते हुए ही मिली थी और मुलाकातें अच्छी पहचान में बदल गई थी। अब शिल्पी 'दोस्ती' नही, 'अच्छी पहचान' या 'अच्छे पड़ोसी' इन नामों को ज्यादा उचित मानती थी। उसका मानना था "दोस्ती" के लिए कई पायदानों का सफर तय करना ज़रूरी होता है।

शिल्पी ने अपने छोटे से बगीचे में कुर्सियाँ और मेज लगवा दी थी। उसने यूँ ही सभी को कह दिया, "फ्लोरल प्रिंट में कुछ भी पहन कर आ जाएँ।" और उसे बड़ी खुशी हुई जब सभी ने इस बात का ख्याल रखा और फूलों के प्रिन्ट के अलग-अलग परिधानों में सब सज कर पहुँचीं थी। स्वयं शिल्पी भी फूलों के प्रिन्ट वाला टॉप और नीली जींस में तैयार थी।

शिल्पी ने, फ्रेश लाइम, कॉफ़ी, चाय, ऑरेंज जूस सभी की व्यवस्था कर रखी थी क्योंकि हल्की ठंड अभी भी थी और हो सकता था कोई गरम पेय लेना चाहे। शिल्पी को सभी उम्र के लोगो से बातचीत करना बहुत अच्छा लगता था, मुख्यतः नई पीढ़ी से। जब एक-एक कर सभी महिलाएं आने लगी, शिल्पी ने उनके आने की खुशी जताई, सब के हाल-चाल पूछे और उन्हें बैठने के लिए कहा। प्रत्येक की पसंद पूछ

कर अपनी घरेलू सहायक को अदरक की चाय, फ्रेश लाइम और ऑरेंज जूस के साथ कुछ कुकीज़ लाने को कह दिया। चाय आने तक सभी आराम से बैठ गए थे। कुछ तो पहली बार आपस में मिल रहे थे, तब शिल्पी ने कहा, "क्यों न आज हम सब एक दूसरे को अपना-अपना परिचय दें? शायद हम सभी एक दूसरे को अभी ठीक से नही जानते, है न?" सभी के चेहरे पर कौतूहल के भाव देखकर, शिल्पी ने कहा - "चलिए, मैं अपने से शुरू करती हूँ।" उसने चाय का एक घूँट लिया, और बोलना शुरू किया, "हैलो, मेरा नाम है, शिल्पी। मैं बैंगलोर से हूँ। मैंने एमसीए किया है। दो वर्ष आय टी सेक्टर में नौकरी की और इन दिनों 24x7 के सर्विस सेक्टर अर्थात होम मेकिंग में कार्यरत हूँ, गृहिणी हूँ। दो वर्ष पूर्व ही चालीस के दशक में प्रवेश किया और हाँ मेरी माँ आर्किऑलोजी अर्थात पुरातत्त्व और इतिहास में पोस्ट ग्रैजुएट है। उन्होंने बचपन में मुझे इंग्लिश ग्रामर बहुत अच्छे से पढ़ाई और बाद में ड्राइविंग सीखने में सहयोग दिया। फिलहाल मेरे प्रोजेक्ट है मेरे दो टीनऐज बेटे। मुझे बाल मनोविज्ञान में बहुत रुचि है, इसलिए इस क्षेत्र में कुछ पढ़ाई करने की कोशिश कर रही हूँ और इसी क्षेत्र में कुछ काम करना चाहूँगी। अब तो मेरे पास प्रैक्टिकल नॉलेज भी है!" - कहकर वह हँस पड़ी।

सब उसकी ओर अचरज से देखने लगे, ऐसा परिचय उन्होंने कभी नही सुना था। वह भी किसी गृहिणी का।

"क्या बात है!" – कहते हुए युवा रिया उछल पड़ी, जो शायद 26-27 वर्ष की होगी, वहाँ बैठी महिलाओं में सबसे कमउम्र। "अरे वाह! यह तो एकदम प्रोफेशनल इंट्रो है, अपने बारे में! मिसेज़.... अँ...?" रिया शिल्पी का सरनेम याद करने लगी लेकिन याद नही आया। फिर बोली, "मिसेज़ शिल्पी??"

"सिर्फ शिल्पी।" शिल्पी ने मुस्कुरा कर कहा। "मिसेज श्रीवास्तव" औपचारिकताओं के लिए।

"आप बड़ी हैं, ऐसे कैसे? रिस्पेक्ट तो देना होगा।" - रिया ने कहा।

"मिसेज़ संबोधन से तो सिर्फ यह पता चलता है कि मैं शादी-शुदा हूँ। अच्छा, यदि मैं शादी-शुदा नही होती तो मुझे कैसे बुलाती?" - शिल्पी ने बड़े प्यार से रिया से पूछा।

"जी, आप ठीक कह रहीं है, शिल्पी। तीन साल मैंने एक ऑडिट कंपनी में काम किया था। वहाँ तो हम सीनियर को नाम से ही बुलाते थे। मैरिड या अनमैरिड पता नही होता था, वैसे भी ऑफिस में इस जानकारी से क्या फरक पड़ता है?" - रिया ने हल्के से कंधों को ऊपर करते हुए अपनी बात कही और चुप हो गई मानो अपनी नौकरी के दिनों की याद में खो गई हो।

"बस, तो वही अब भी करो। मैं शिल्पी हूँ, तुम रिया! क्यों न तुम अब अपना परिचय दो?"

"श्योर, शिल्पी .... थैंक यू." – कहते हुए रिया मुस्कुराई।

रिया की बातचीत के लहजे में कॉर्पोरेट सेक्टर की सहज छाप अभी भी ताजा थी, जो शिल्पी को भा रही थी।

रिया ने अपने ऑरेंज जूस का गिलास मेज पर रखे कोस्टर पर रखा और अपने खुले लंबे बालों को सहलाते हुए, शिल्पी की ओर देखकर फिर सब की ओर रुख किया और अपना परिचय देना शुरू किया - "सो ओके, हाय एवरीवन! मायसेल्फ रिया।"

शिल्पी के मन में रिया के उत्साह को देखकर उसके प्रति स्नेह उमड़ आया। उसे लग रहा था, मानो रिया बहुत उत्साह से कोई प्रेजेंटेशन दे रही हो।

"मैं बिल्कुल शिल्पी की तरह ही अपना परिचय दूँगी। पहली बार ये हुआ है, कि शादी के बाद, आय एम गेटिंग टू स्पीक अबाउट माय एजुकेशन!! पहली बार किसी हाउसवाइफ ने गेट-टूगेदर में अपने सपने बाँटे है. मैं बड़ौदा से हूँ, मैने किया तो बी.टेक. है, पर मुझे फायनैंस में बहुत ही ज्यादा इंटरेस्ट है इसलिए एक फायनांशियल फर्म में ही नौकरी की थी। घर का बिज़नेस जॉइन करना चाहती थी पर मम्मी-

पापा ने शादी करा दी, और मैंने भी कर ली!" अपनी ही बात पर वह हँस पड़ी और आगे बोली- "वो क्या है न, मेरे ससुराल वाले और मेरे पेरेंट्स फैमिली फ्रेंड्स हैं। मैं और मेरे पति एक दूसरे को बचपन से जानते है। ससुराल में भी खुद का बिज़नेस है। मेरा सपना है कि मैं इसे बहुत आगे ले जाऊँ। बिज़नेस बढ़ाने के लिए, मेरे पास काफी अच्छे आयडियाज़ है और इन्वेस्टर्स को भी कन्विंस कर सकती हूँ। मेरी माँ ने मुम्बई के जे.जे. स्कूल ऑफ आर्ट्स से टेक्सटाइल डिज़ाइन में ग्रेजुएशन किया, लेकिन उस क्षेत्र में काम नही कर पाई। पर माँ ने मुझे बैंक, पैसों का लेन देन, इन्वेस्टमेंट सही लोगो की पहचान करना, सब एकदम सही सिखाया। नए लोगों से मिलना मुझे अच्छा लगता है, लेकिन अब लोगों से मिलो तो मुझसे कोई फायनेंस से संबंधित बात ही नही करता, अब हाउसवाइफ हूँ न!" – यह कहते हुए रिया ने अपना परिचय दिया।

शिल्पी, रिया के औपचारिक कॉर्पोरेट लहजे से बिल्कुल अपने ठेठ लहजे में बोलने तक के सफर को भी भाँप गई थी, उसने सोचा – "रिया खुल कर बोल रही है।"

"अब हाउसवाइफ हूँ न!" - रिया ने कुछ इस मासूमियत के साथ कहा था कि सब लोग हँस पड़े।

"रिया, तुम इतनी जानकार हो तब तो अलग-अलग इन्वेस्टमेंट के बारे में सभी को जानकारी दे सकती हो और जहाँ तक तुम से कोई अलग विषयों पर बात नही करने की शिकायत है, तो तुम पहल करो और चर्चा की शुरुआत कर लिया करो।" - शिल्पी ने उसकी तरफ कुकीज़ की प्लेट बढ़ाते हुए कहा। रिया ने मुस्कुराते हुए कुकी उठाई और साथ ही अपना जूस का गिलास उठा लिया।

शिल्पी ने प्लेट आगे की ओर बढ़ाते हुए कहा, "विभा सरदेसाईजी, आप भी लीजिए न।" विभा ने हल्की-सी सकुचाहट के साथ एक कुकी ले ली और उसे पकड़ कर बैठी रही। ऐसा लगा उन्होंने शिल्पी की खुशी के लिए कुकी उठा ली थी। सौम्य व्यक्तित्व की स्वामिनी विभा ने

बहुत ही सादगी के साथ, हल्के आसमानी रंग का सूट पहना हुआ था और ऑफ व्हाइट रंग की कश्मीरी शॉल ओढ़े हुए थी, जिस पर कशीदाकारी किए हुए गुलाबी और पीच रंग के कढ़ाई वाले फूल उनकी गोरी रंगत को और भी निखार रहे थे। कानो में मोती के टॉप्स, गले मे मोती की माला, और बालों में आई हल्की सी सफेदी भी उस पर खूब फब रही थी।

रिया ने उसकी ओर कौतूहल भरी निगाह से देखते हुए कहा, "विभा? विभा सरदेसाई? आप का घर तो पार्क के सामने ही है न? जब भी सुबह वॉक करने जाती हूँ तो आलाप सुनाई देता है, बड़ा अच्छा लगता है। बाहर नेम प्लेट पर आपका नाम भी पढ़ा था। इसलिए लगा शायद आप ही वह विभा हो।" – रिया को अचानक अपने उत्साह का एहसास हुआ।

विभा अपनी हरी आँखों को मिचमिचा कर, मुस्कुराते हुए बोली, "हाँ, वही हूँ मैं। बगीचे तक आती है क्या आवाज़ मेरे रियाज़ की? .....अरे देवा!"

"अरे नहीं, बहुत अच्छा लगता है, मैंने भी सुबह वॉक करते हुए कई बार सुनी है आपकी मधुर आवाज़। बताइए न अपने बारे में।" – शिल्पी ने कहा। अन्य महिलाएं भी उत्सुकता से विभा की ओर देखने लगीं।

विभा ने चाय का घूँट पिया और गरम प्याली को अपनी दोनो हथेलियों से पकड़ लिया। गर्माहट महसूस कर मानो वह बोलने की शक्ति बटोर रही थी। उसके चेहरे पर एक सुकून भरा ठहराव था जो शायद ज़िन्दगी के इतने सफर के बाद आ ही जाता है। न समझौतों का दुःख, न सब कुछ पाने की अंध-महत्वाकांक्षा। अब बस जीवन रूपी झील में उम्र की नैया शांति से खेते रहने की इच्छा। आँखों के कोरो पर उम्र और अनुभव झलकाती महीन रेखाएँ भी विभा के व्यक्तित्व को दीप्त ही कर रही थी।

मुस्कुराते हुए, विभा बोलने लगी - "मेरा जन्म पुणे में हुआ, सम्पूर्ण शिक्षण भी।" विभा की हिंदी भाषा में, पुणे की मराठी भाषा के लहज़े

का उतार चढ़ाव सभी को निराला लग रहा था। "मेरी माँ भी पुणे की ही हैं। उन्होंने शास्त्रीय संगीत में विधिवत शिक्षा ली थी और बहुत अच्छा गाती थीं। अभी भी गा लेती हैं, लेकिन अब उम्र हो गई है। अकेली भी हो गयी है परंतु गायन उनकी आत्मा है। वह स्वयं मराठी में नाट्य संगीत भी बिठाती थी।" विभा के अंतिम वाक्य पर, सभी के चेहरों पर थोड़े असमंजस के भाव आ गए। उन्हें भाँप कर, विभा तुरंत बोली, "म्यूज़िकल ड्रामा! या जैसे ब्रॉडवे शो।"

"अरे वाह!" - रिया आश्चर्य से बोल पड़ी। वह मन-ही-मन सोचने लगी, "हम क्यों ज्यादा उम्र को दकियानूसी से जोड़ देते है? कई बार उल्टा ही होता है!"

विभा अपना परिचय आगे बढ़ाते हुए बोली - "माँ ने मुझे संगीत सिखाया। शास्त्रीय गायन में वही मेरी गुरु रही। मैंने अपनी सभी सहेलियों के साथ बी.एस.सी. तो कर लिया था परंतु साथ ही साथ गायन में भी विशारद तक शिक्षा प्राप्त की। एक बात जो मुझे मेरी माँ ने अपने व्यवहार से सिखाई थी वह ये की जो भी काम करो, उसका हमेंशा सम्मान करो। वह भी एक गृहिणी रही परंतु परिवार के बाहर भी सभी से इतनी जुड़ी हुई थीं, कि लोग उनके नाम से ही हमें ज्यादा जानते थे। वह बहुत स्वाभिमानी है। उन्होंने अपने परिवार और रिश्तेदारों के लिए बहुत किया पर उनके संगीत का रियाज़ कोई डिस्टर्ब नही कर सकता था। उनका मंत्र था, अगर आप ही स्वयं को महत्व नही दोगे, तो कोई भी नही देगा। इसे मैंने अपने मन में पक्का बैठा लिया था। यह आसान नहीं है, इस मंत्र को जीने में बहुत ऊर्जा लगती है हम स्त्रियों की।" इस बात पर सभी उपस्थित महिलाओं ने हामी भरी। चाय पीते हुए विभा ने अपना परिचय जारी रखा और आगे बोली – "मेरी शादी के बाद, मेरे पति की सरकारी नौकरी की वजह से हम उत्तर-पूर्वी भारत में घूमते रहे। एक बेटा है, जो ऑस्ट्रेलिया में सेटल हो गया है। अब माँ पुणे में अकेली है, अगले महीने उन्हें लाने जा रही हूँ। अब मेरे पास ही रहेंगी।"

विभा ने फिर से चाय का घूँट पिया, और आगे बोली – "आप को एक किस्सा सुनाती हूँ। माँ कुछ दिन पहले मेरे पास आई थी, और हम

रोज़ की तरह शाम को कॉलोनी के पार्क में चहलकदमी करने के लिए गए थे। रोज़ की मुलाकातों से आस-पड़ोस की महिलाओं से पहचान हो गई थी। तब यूँ ही बातों-बातों में मैंने बोल दिया, 'अब माँ यहीं रहेंगी, हमारे पास।' तब एक की प्रतिक्रिया थी, 'आपके पति ने परमिशन दे दी?' मुझे समझ ही नही आया, ये कैसा सवाल है? परमिशन? तब उन्ही में से एक ने कहा, 'देखो, पति के माता-पिता का तो हक बनता है, आखिरकार वो कमाते हैं पर पत्नी के माता-पिता को अपने साथ रहने के लिए कहना, यह बहुत बड़ी बात है.' तब मैंने उन्हें इतना ही कहा कि ये रिश्ता बराबरी का है, एक अगर कमाता है तो दूसरा उसे भोजन और बाकि व्यवस्थाओं में परिवर्तित करता है। नोट और सिक्के तो कोई खा नही सकता। इसलिये घर-परिवार पति और पत्नी दोनो का है। हम तो ऐसा भेदभाव नहीं मानते।" विभा अब खुल कर बोल रही थी, - "शिल्पी, उस दिन मुझे बहुत दुःख हुआ था क्योंकि उनकी ऐसी बातों से माँ असहज हो गई थी। तब मुझे एहसास हुआ कि समाज ने बिल्कुल प्रगति नही की है। बल्कि कई मामलों में तो अब और भी पिछड़ा हो गया है। समाज अभी भी विवाह संस्था को एक पक्षीय रूप में देखता है और मान्य करता है। माँ हमेशा कहती है, कि आप कुछ अलग करना चाहो तो उस कार्य में इतनी ऊर्जा नहीं लगती जितना लोगों की बातों को झेलने या समाज की सोच को बदलने में खर्च हो जाती है।" – विभा ने अपना चाय का कप मेज पर रखते हुए कहा। शिल्पी ने चाय की केतली पर से टिकोज़ी हटाई और विभा के कप की ओर केतली ले जाते हुए हल्के से गर्दन हिला कर चाय के लिए पूछा। विभा ने तुरंत अपना कप आगे बढ़ाया, केतली के स्पाऊट से निकलती चाय और भाप उसे बहुत सुकूनदायक लग रही थी। तभी अंदर से सहायक कुछ पूछने आई, तब शिल्पी ने उसे इशारे से कुछ बताया फिर केतली नीचे रखते हुए कहा, "आप ठीक कह रहीं है, विभा जी। हमारे आस-पास अभी भी कई लोग, विवाह नामक इस संस्था को इतना एक-तरफा बनाए हुए है कि जीवन भर इस संस्था को चलाने के बाद भी स्त्रियाँ अपने आप को, दोयम दर्जे पर पर खड़ा पाती है। मेरा मानना है कि घर नाम की संस्था गृहिणी के बलबूते पर ही चलती है क्योंकि वह उसी

ने स्थापित की होती है। परंतु जब लोग इस तरह परिभाषित करते हैं और अधिकारों और कर्तव्यों का इतना पक्षपातपूर्ण बँटवारा करते हैं तो ज़ाहिर है, युवा पीढ़ी वैवाहिक बँधन में बँधना ही नही चाहेगी। मैं आपकी माँ से ज़रूर मिलना चाहूँगी, बहुत प्रभावशाली व्यक्तित्व की धनी और उन्नतशील विचारों की मालूम होतीं हैं।"

"बिल्कुल, जब वो आएँगी, मैं आप सभी को मिलवाऊँगी।" - विभा ने कहा। विभा और शिल्पी की बातें सुन कर रिया उत्सुक होकर अपनी कुर्सी के एकदम किनारे पर आकर बैठ गई थी, मानो वह कुछ कहना चाह रही थी। शिल्पी ने अपनी घड़ी देखी। ग्यारह बजने को थे। उसने सबसे कहा- "चलिए, अंदर चलते है, बातचीत का सिलसिला खाने की मेज पर जारी रखते हैं।" रिया अभिभूत सी होकर बोल पड़ी – "उम्र का सोच से कोई लेना देना नहीं है न?" सभी ने उससे सहमति जताई और उठ कर अंदर आ गईं।

शिल्पी ने बरामदे का जाली का दरवाजा खोल कर पकड़े रखा और सभी से अंदर आ कर बैठने आग्रह किया। बैठक में म्यूज़िक सिस्टम पर पियानो पर साठ और सत्तर के दशक की हिन्दी फिल्मों की कोमल मधुर धुने मंद स्वर में बज रही थी। कमरे की सज्जा एक ताजे हवा के झोंके की तरह थी। भारी पर्दें, भारी फर्नीचर के बिल्कुल विपरीत एकदम न्यूनतम मेडिटेरेनियन सज्जा, हल्के नीले, हरे और सफेद रंगों में। आरामदेह फर्नीचर और बड़े-बड़े कुशन। कमरे के बीचो-बीच, दरी पर पेस्टल रंगों से सज्जित लकड़ी का बड़ा-सा संदूक रखा था जिस पर पीतल के चमकते हैंडल और नॉब्स लगे थे। एक पूरी दीवार से सटी हुई, लगभग छत की ऊँचाई तक जाती बड़ी-सी खुली किताबों की सफेद अलमारी थी, जिसमे किताबों के साथ-साथ फोटो फ्रेम्स रखी हुई थी। शिल्पी ने अलग-अलग देशों से खरीदे हुए चुनिंदा आर्टिफेक्ट्स भी रखे हुए थे। पास ही एक बड़ी सी विंग चेयर और पेडस्टल लैंप रखा था, दूसरे कोने में आराम कुर्सी। ज़ाहिर था, घर में सब किताबें पढ़ने के शौकीन थे। एक दीवार पर कुर्सियों की पेंटिंग लगी हुई थी। शिल्पी सभी को बिठा कर, डायनिंग टेबल का जायज़ा लेने अंदर गई। मौसम

देखते हुए, उसने गरमा-गरम इडली सांभर वड़ा और पाव-भाजी दोनो ही रखे थे। मीठे में चॉकलेट-जिंजर केक और सर्दियों का तयशुदा गाजर का हलवा भी था।

टेबल पर सब कुछ ठीक-से है देख कर, उसने सभी को कहा- "आइए, शुरू करते हैं।" सभी आकर कुर्सियों पर बैठने लगीं तब उसने अपनी सहायक को गर्म तले वड़े लाने का इशारा किया और स्वयं भी एक कुर्सी पर बैठ गई। खाने के दौरान, विभिन्न खानों की रेसिपी की चर्चा हुई। बच्चों की बातें, साड़ियों की चर्चा, दिल्ली की ठंड और उमस भरी गर्मी से लेकर संगीत-समारोह, नाटक, फिल्में, थियेटर, राजनीति कई विविध विषयों पर बातें हुई। उनमें जो वरिष्ठ गृहिणियाँ थीं, उन्होंने युवा गृहिणियों को घर के बने अचार भेजने का वादा भी किया। अभी दो मेहमानों का स्व-परिचय बाकी था। शिल्पी ने सोचा, ब्रंच होने के बाद उनसे कहूँगी। सभी ने बहुत खुशी से खाया और जी भर कर खाने की तारीफ भी की। शिल्पी को बहुत अच्छा लगा।

खाने के बाद सभी बैठक में आकर आराम से बैठ गए. शिल्पी गरमा-गरम गाजर का हलवा और जिंजर-चॉकलेट केक दोनो की ट्रे बाहर लेकर आई और बैठक के बीचो-बीच रखे बड़े-से संदूक पर रख दीं. "यह केक बिना अंडे की है।"- शिल्पी ने कहा और गाजर के हलवे की ट्रे मेहमानों के बीच घुमाना शुरू किया। रिया ने उसके हाथ से ट्रे ले ली और कहा, "आप बैठिए शिल्पी, मैं देती हूँ।"

"अरे, अच्छा चलो..... थैंक यू।" शिल्पी ने रिया के आग्रह को मानते हुए उसे ट्रे थमा दी और विभा की ओर मुखातिब होकर बोली, "विभा जी, आप का गाना सुनना चाहेंगे किसी दिन।" अन्य महिलाओं ने भी यही इच्छा जताई।

"क्यो नही, ज़रूर सुनाऊँगी. लेकिन अभी पहले हम नीलिमा और निशि का परिचय सुन ले." - विभा ने कहा.

"जी बिल्कुल।" – शिल्पी, नीलिमा और निशि की ओर देखकर मुसकुराते हुए बोली। सभी ने जब गाजर का हलवा खा लिया, नीलिमा ने कहा, "निशि, पहले तुम बताओ।"

निशि मस्तमौला सी थी। उसने अपना परिचय देना शुरू किया और बोली- "मैं दिल्ली की ही हूँ। मैंने बी.कॉम. किया फिर सी.ए. कंप्लीट किया। आज जो भी हूँ, माँ की वजह से हूँ। वो दिल्ली के एक स्कूल में साइंस टीचर रही। मैं छोटी थी तभी पापा नही रहे, माँ ने दूसरी शादी भी नही की। मुझे बहुत मेहनत से अकेले ही बड़ा किया है उन्होंने। मेरी लव मैरिज है और शादी में मेरी यही शर्त थी कि माँ को मैं कभी नही छोड़ूँगी, वह हमेशा मेरे साथ रहेगी। इसी वजह से कई जगह मेरी शादी की बात आगे नही बढ़ पाई थी। इस दौरान मेरी नौकरी जारी रही, और मेरे प्रमोशन भी होते रहे। करीब बत्तीस वर्ष की उम्र में मेरी अपनी ही कंपनी में मेरी मुलाकात अपने पति से हुई, दो तीन साल बाद एक दूसरे को अच्छी तरह से जानने के बाद ही हमने शादी की। अभी कुछ महीने सबैटिकल पर हूँ, तो गृहिणी का रोल निभा रही हूँ।" थोड़ा रूक कर वह बोली, "सच कहूँ, मैं अपनी माँ के लिए जीवन साथी ढूँढ़ रही हूँ। उम्र के इस मकाम पर किसी साथी का होना ज़रूरी है।" इतना कहकर वह सब की ओर देखने लगी, उसे लगा शायद कुछ अजीब-सी प्रतिक्रियाएँ होंगी परंतु सभी ध्यान से उसकी बात सुन रहे थे। फिर उसने हल्की सी हँसी के साथ अपनी बात जारी रखी, "आप लोगों को अगर याद होगा, 'दिल चाहता है' फिल्म में जो एक्ट्रेस अक्षय खन्ना की माँ बनी थी, उन्होंने अपनी असल ज़िंदगी में करीब साठ वर्ष की उम्र में विवाह किया, मुझे ये बात बहुत अच्छी लगी। ऐसी बातें हमारे समाज में सहज और सामान्य होनी चाहिए न?" – निशि ने प्रश्न भरी निगाह से सबकी ओर देखा।

"जिन अदाकारा की तुम बात कर रही हो, सुहासिनी मुळे नाम है उनका, वरिष्ठ मराठी कलाकार है।" - विभा ने बताया।

"हाँ, मैंने भी पढ़ा था उनके बारे में।" शिल्पी ने कहा - "कितनी अच्छी बात है, महिलाएं स्वयं के लिए जिए और दूसरी महिलाएँ उन्हें

सपोर्ट करें तो क्या कहने! लेकिन हमारे यहाँ अभी भी उन्नतिशील महिला को फेमिनिस्ट होने का ताना दिया जाता है और चेतन भगत या अन्य पुरुष सेलिब्रेटी के फेमिनिज़म के मैसेज को वाट्सएप पर भरपूर फॉरवर्ड किया जाता है। यह मानसिक गुलामी ही हुई न, पुरुषों के अप्रूवल की!"

निशि हँस कर बोली, "एकदम सही!" ज़िन्दगी की कड़वी सच्चाइयों को जीवन में छोटी सी उम्र में ही अनुभव कर लेने से निशि काफी प्रैक्टिकल हो गई थी। "माँ और मैंने एक टूरिज़म ग्रुप जॉइन किया था और हम खूब घूमते थे, अब तो माँ अकेली भी जाती है, क्योंकि उनके हमउम्र दोस्त जो बन गए है। पारिवारिक और सामाजिक तौर पर होने वाले महिलाओं के गैदरिंग में तो माँ हमेशा कटी-कटी सी महसूस करती थी।"

नीलिमा, जो अब तक सबकी बातें बहुत ध्यान से सुन रही थी, संजीदगी से बोली, "हाँ ये बात तुमने सही कही है, हमारे समाज में स्त्रियों के सारे त्यौहार भी उनके सुहागन होने से ही जुड़े होते है।"

विभा ने कहा, "तो हम स्त्रियों ने ही यह बदलना चाहिए न? हम अपने आप में भी तो पूर्ण है और मुझे खुशी है, कि आजकल सिंगल पेरेंट्स सपोर्ट ग्रुप, महिलाओं के लिए यात्रा जैसी गतिविधियाँ होती रहती है। पुणे में ही मेरी बचपन की सहेली जो तलाकशुदा है, ऐसे एक ग्रुप की सदस्य है। सभी सिंगल पेरेंट्स हैं, माता या पिता। और उन लोगों के काफी कार्यक्रम होते रहते है, जैसे पुस्तक पठन, विभिन्न उम्र के बच्चों की समस्याओं को लेकर चर्चा, बच्चों के साथ खेलकूद वगैरह।"

शिल्पी बोली, "सच विभा जी, ऐसी पहल सभी शहरों में होनी चाहिए और निशि, तुम और तुम्हारी माँ दोनो ही प्रेरणादायक हो, अगली बार उनसे भी मिलना चाहेंगे।"

"ज़रूर, उन्हें भी अच्छा लगेगा, और यह केक बहुत बढ़िया है, मैं और लूँगी." – निशि ने कहा।

"ज़रूर," शिल्पी ने केक की ट्रे उसकी ओर बढ़ा दी। माहौल बहुत दोस्ताना और अपनेपन का था, सभी को बहुत अच्छा लग रहा था। शिल्पी ने सबकी तरफ देख कर पूछा – "क्यों न चाय हो जाए?" सभी ने गर्दन हिलाते हुए हामी भरी। इस बातचीत को चाय का साथ तो चाहिए ही था। शिल्पी ने अपनी सहायिका को बुलाकर चाय बनाने के लिए कहा फिर नीलिमा की ओर देखकर कहा – "नीलिमा जी, अब आपकी बारी है।" सब नीलिमा की ओर देखने लगे.

नीलिमा ने अपनी शॉल अच्छे से ओढ़ी और सोफे पर आराम से पीछे की ओर टिक कर बैठ गईं फिर बोलना शुरू किया, "मैं जयपुर की हूँ, मैंने बी.ए. किया है। कभी-कभी लगता है, वह भी क्यूँ किया? हम यहाँ पिछले पैंतीस सालों से रह रहे हैं। सच कहूँ, आज सब लोग जब अपनी माँ के बारे में बोल रहे थे, मुझे एक नयापन लगा। हमारे यहाँ तो जब भी परिवार में, समाज में, बिरादरी में लोग मिलते हैं, ज्यादातर पिताओं की ही बातें होतीं हैं। और उन सभी पुरुषों की तारीफ़ होती है जो अपने पिता की नज़रों में खरे उतरे या अपने पिता की अच्छी देखभाल की या कर रहें है। और हम औरते भी अपने भाई, पति की तारीफ करने लगतीं है, इसी में खुश हो जाती है। जबकि घरों के अंदर तो हम महिलाएँ ही बुजुर्गों की देखभाल करती आ रहीं है। शिल्पी, आज तुम्हारे यहाँ आकर पहली बार जाना कि अपने बारे में, अपनी माँ के बारे में सामाजिक रूप से भी बोला जा सकता है। हम भी कुछ है। हमने तो ज़िन्दगी भर पति की वाह-वाही या पति की अपने ही लोगो के प्रति कर्तव्य-परायणता में ही अपनी सिद्धि समझ ली।" सब लोग नीलिमा की बातें ध्यान से सुन रहे थे। इतने में शिल्पी की सहायक चाय लेकर आई। अदरक और दालचीनी की खूशबू आते से ही सब "वाह" बोल उठे। नीलिमा ने चाय का कप उठाया और एक घूँट पीकर, सुकून से आँखें बंद कर ली, मानो अतीत की गलियों में से कुछ ढूँढ कर लाना चाह रही हो। आँखें खोल कर वह चाय के कप पर ऊँगली घुमाते हुए बोलने लगी, "मेरी माँ एक बहुत ही कुशल गृहिणी थी। उन्होंने स्कूली शिक्षा पूरी की, पर कॉलेज नहीं जा पाई क्योंकि विवाह

हो गया था। घर में सबसे बड़ी जो थी। हमारा बहुत बड़ा कारोबारी परिवार था तो बहुत लोगो का आना-जाना, त्यौहार, लेन-देन, शादी, गोद-भराई, मुंडन, फिर कभी परिवार के किसी सदस्य के शो रूम का उद्घाटन समारोह आदि चलते ही रहते थे। माँ कमर में चाबियों का छल्ला लटकाए लगातार काम करती रहती थी। सभी को उनकी जरूरत पड़ती थी। बहुत सारे लोगो का खाना-पीना, सोने और रहने की व्यवस्था करना, यह सब वह आसानी से संभाल लेती थी। घरेलू सहायक होते थे, परंतु माँ दिन-रात व्यस्त रहती थी। लेकिन पिछले कुछ सालों से मुझे एक टीस सी उठती रही है, और सोचती हूँ, उन्हें क्या चाहिए था? वह स्वयं क्या थी?" फिर कुछ क्षणों के लिए नीलिमा मानो, अतीत की वह यादें लाने चली गई, जिनके बारे में वो शायद पहली बार कहने जा रही थी। "जब हम बहनें थोड़ी बड़ी हुई, माँ एक बात हमेशा कहती, 'बेटी, घर-परिवार तो अच्छे से संभालोगी ही, पर खुद को कभी न खोना।' और यह कहते हुए वह अक्सर कहीं खो जाती थी। एक उदासी माँ के चेहरे पर आ जाती थी। हम भी बस हँस देते, 'क्या कहती रहती हो माँ?' वह भी क्या करती? खुद को खो चुकी थी ये शायद उसे पता चल गया था इसलिए हमें इतना ही आगाह कर पाई। खुद को कैसे न खोना, ये तो उसे भी कहाँ पता था? तब हम कुछ ज्यादा सोचते ही नही थे। यही करना होता है, इतना ही पता था। पति से पूछ-पूछ कर काम करते माँ को देख, हमने भी वही किया और धीरे-धीरे भूल गए कि भगवान ने हमें भी अक्ल दी है। पति ने जितने पैसे दिए उसी में घर चलाया, अपनी ज़रूरतों के लिए कभी माँगे कभी नहीं। मिल गए तो बच्चों जैसे खुश हो गए परंतु बढ़ती उम्र के साथ पैसे माँगना अपमानित सा लगने लगा, ऐसा लगा यदि अपना है तो माँगना और ज़रूरतें बताना क्यों आवश्यक है? फिर कुछ वर्षों के सफर के बाद समझ आया, माँ का क्या कहना चाहती थी? वह जान गई थी कि आप महज़ एक औजार हो इस व्यवस्था को चलाने के लिए। क्योंकि व्यक्ति का स्वयं का मान, इच्छाएँ, स्वप्न, आकांक्षाएं भी होती है, यह हम महिलाओं के लिए कहाँ सोचा जाता है? हाँ, लक्ष्मी, अन्नपूर्णा, सरस्वती आदि देवियों की उपमा साल में एक दो बार दे दी जाती है।" एक

फीकी-सी हँसी हँसते हुए नीलिमा ने हाथों से सवालिया मुद्रा बनाते हुए कहा, "अब देवियों के समकक्ष खड़ा कर देने के बाद इंसानी भावनाएँ कैसे बताएँ? और बस यहीं खो जाती रही कितनी ही हमारे और हमारी माँओं जैसी काबिल महिलाएँ! आज जब आप लोगो की बाते सुनी तो पहले अजीब ही लगा कि आप मिसेज श्रीवास्तव की जगह शिल्पी नाम से बुलाए जाने पर क्यों ज़ोर देतीं हैं? या रिया क्यों फायनेंस या बिजनेस के बारे में बात करना चाहती है, घर ही तो चलाना है न? निशि अपनी माँ के लिए जीवन साथी क्यों ढूँढ रही है? या विभा की माँ को कैसा लगेगा अपनी बेटी के यहाँ रहते हुए? फिर अचानक माँ की वही बात याद आई। यह भी तो वही है, अपने को न खोना। बहुत बड़ी बात सीखा गई थी माँ। हमें ही समझने में देर लगी। बहुत देर से ही सही पर अब मैं प्रौढ़ावस्था में तो सहजता से जी रही हूँ। अब मैं युवाओं को आसान और पौष्टिक खाना बनाना सीखाती हूँ। और अब बैंक में मेरे अपने नाम से अकाऊंट है और मेरा अपना एटीएम कार्ड भी।" – नीलिमा एक संतुष्टि के साथ बोली।

सब लोग बहुत ही तन्मयता से सुन रहे थे, विभा की तो आँखे भर आईं थी। निशि ने कहा, "एक बात जो मुझे बहुत तीव्रता से महसूस होती है, वह यह कि गृहिणियों का अपना स्वयं का बैंक में खाता होना चाहिए, जहाँ घर की आय का थोड़ा हिस्सा नियमित रूप से जमा हो, जिसे गृहिणी निवेश करे, पूँजी बढ़ाए और स्वयं के लिए खर्च करे. वह भी तो काम कर रही है ना?"

"बिल्कुल निशि" रिया ने उत्साह से कहा, "इतना ही नहीं गृहिणियों ने आय टी रिटर्न भी भरना चाहिए।"

विभा ने कहा – "रिया, निशि तुम दोनों पते की बात कह रही हो। हमें भी इस पर सोचना चाहिए।"

रिया ने कहा, "जी बिल्कुल स्वयं की आर्थिक स्वतंत्रता के साथ ही साथ आर्थिक पहचान के डॉक्युमेंट्स होने ही चाहिए." फिर नीलिमा की ओर देखकर रिया ने कहा, "एक मिनिट नीलिमा जी, आप यू-ट्यूब

पर अपनी रेसिपी क्यों नही शेयर करते? आप के वीडियो मैं बनाऊंगी!" नीलिमा की आँखों में एक चमक-सी आ गई, उसने रिया का हाथ ज़ोर से थाम लिया, और भाव विह्वल होकर बोली - "तुमने मुझे सिर्फ मेरे नाम से पुकारा, बहुत अच्छा लगा। मैं तो भूल ही गई थी कि मैं नीलिमा हूँ। यह कुछ अलग था। यह किटी-पार्टी नही थी। शिल्पी, इस सुबह के लिए मैं तुम्हे बहुत धन्यवाद कहना चाहती हूँ!"

"सच, हम सब भी!!" - सभी एक स्वर में बोले।

"अरे नही, शुक्रिया आप सभी का। आप सब लोग आए, हमने एक दूसरे को अपने बारे में बताया, मैं भी समृद्ध महसूस कर रही हूँ।" शिल्पी ने हाथ जोड़कर कहा, "हाँ, यह मेरा नज़रिया है कि शादी, परिवार हमारे जीवन का एक हिस्सा हो, हमारा सब कुछ नही. एक अस्तित्व के रूप में हमारा स्वयं का प्रवास जारी रहे. मुख्यतः जब आप गृहिणी हो तब आप को और भी अधिक सजग रहना पड़ता है."

"बहुत अच्छे विचार है. सच, खुल कर बातचीत से पता चलता है, हम अकेले नहीं है।" – विभा ने मुस्कुराकर कहा और जाने के लिए उठ खड़ी हुई। उसे देखकर सभी उठ गईं और शिल्पी से विदा लेने लगीं.

शिल्पी ने कहा – "आज आप सभी फ्लोरल प्रिंट के कपड़े पहन कर आए, मुझे बहुत खुशी हुई, शुक्रिया कहना चाहती हूँ। आप सभी के लिए मेरी तरफ से ये छोटा सा तोहफा।" और शिल्पी ने पिटूनिया के फूलों के पौधे सभी को दिए।

"अरे वाह यह तो बहुत ही सुंदर है, शुक्रिया।" विभा ने कहा। रिया, निशि, नीलिमा सभी ने हामी भरी, और मुस्कुराते हुए बाहर की ओर निकली। बाहर धूप में दोपहर वाली हल्की सुकून पहुँचाती गर्माहट आ गई थी। सब के दिलों में भी। कुछ तो पहले से ही वहाँ था, इस ब्रंच ने उसे चेतन-सा कर दिया था।

---:---

फिरनी

"अरे, आ जाएँगे वो लोग, अब आप बैठ भी जाइये, यूँ कितना अंदर-बाहर चहलकदमी करते रहेंगे? आप को देखकर मुझे चक्कर से आ रहे है।" - सुधा ने अपने पति शर्मा जी से कहा, जो लगातार बैठक से बरामदे के बीच तेज कदमों से चहलकदमी कर रहे थे।

"ये मिश्रा भी न, कभी भी वक़्त का पाबंद नहीं रहा। मुझे देखो, रिटायर हो गया हूँ, पर कहीं पर भी बताए गए वक़्त के पाँच मिनिट पहले ही पहुँच जाता हूँ।" - शर्माजी बेचैन होते हुए बोले।

"पाँच मिनिट क्या, आप तो आधा घंटा पहले ही पहुँच जाते हैं। कितनो के रिसेप्शन में तो कुर्सियाँ तक हमीं ने लगवाई हैं और कहीं-कहीं तो मेजबानों को भी हम ही ने रिसीव किया हैं।" - हँसते हुए सुधा बोली। शादी के इतने वर्षों बाद, अब सुधा खुल कर बोलने की अपनी सुप्त इच्छा कभी-कभी पूरी कर ही लेती थी। पति का जमदग्नि अवतार कई वर्षों तक झेलने के बाद अब वह मजबूत हो गई थी. सुधा ने अपने विवाह के पश्चात ना जाने कितनों के ताने झेले थे, जो तरकश में भर चुके थे। सुधा जानती थी, ऐसे भारी तरकश का बोझ उठाकर चलना उसके स्वयं के लिए ही कष्टदायक होगा, इसलिए वह हल्के-फुल्के अंदाज़ में कुछ तीर चला ही देती थी। और क्योंकि उसकी बातें सच होती थी, इसलिए शर्मा जी चुप रह जाते थे। कभी-कभार हँस भी पड़ते थें। सुधा सोचती, "शायद उम्र के इस पड़ाव पर आकर पति थोड़े-थोड़े दोस्त हो जाते है।" फिर भी सुधा नाप-तोल कर ही बोलती। उमर के साथ और शायद अपने उग्र स्वभाव की वजह से शर्मा जी को भी शुगर, ब्लड प्रेशर जैसी बीमारियों ने आ घेरा था। पितृसत्तात्मक वातावरण में

पले बढ़े शर्माजी को अपने घर में प्रथम संतान और वह भी पुत्र होने का अभिमान था। सुधा के अनुसार वो अपनी इस जन्म पदवी को बड़ी गंभीरता से लेते थे। शायद इसका कारण पीढ़ी दर पीढ़ी परिवार के पुत्रों को ऐसा सहज प्रशिक्षण दिया जाना रहा हो। शर्मा जी के पिता का घर में भारी दबदबा था। वे घर-बाहर की सारी ज़रूरतों का खयाल रखते, रिश्तेदारी निभाते परंतु सब कुछ स्वयं तय करते थे। सभी के लिए सारे निर्णय पिताजी ही लेते थे। शर्मा जी अपने पिता का बहुत सम्मान करते थे। कभी भी विरोध में या किसी विषय पर अपने पृथक विचार रखने की हिम्मत नही जुटा पाते थे। पितृ-ऋण की भावना से सदैव ओत-प्रोत होने से किसी और रिश्ते का भी मान-सम्मान होता है, यह बात शर्मा जी कभी भी समझ ही नही पाए थे। पत्नी उनके लिए सिर्फ परिवार संभालने के लिए या उन्हे पुत्र के रूप में अपने कर्तव्य निभाने में साथ देने के लिए के लिए उनकी अनुगामिनी थी। सुधा को हैरानी होती थी कि जो शर्माजी सब के सामने अपने पिताजी के गुण गाते थकते नही थे, जिनके सामने वह सुधा से बात भी नही करते थे, मानो सुधा कोई तुच्छ प्राणी हो; वही शर्मा जी अकेले में कभी अपने पिताजी का ज़िक्र भी नहीं किया करते थे। विवाह के कुछ वर्ष बाद तबादला होने पर, उनका पत्नी और बच्चों सह दूसरे शहर जाकर रहना हुआ, तब वह ऑफिस के बाद, घर वक्त पर आने लगे थे। चाय पर सुधा की दिनचर्या पूछते, अपनी बताते और बच्चों के साथ खेलते भी थे। शाम को स्कूटर पर चारो घूमने भी निकल जाया करते थे। कभी भी बातचीत में पिता का जिक्र तक नही होता था। ये उसके लिए नए से शर्मा जी हुआ करते थे। हालाँकि घर पर सारे निर्णयों की बागडोर उन्ही के हाथ में होती थी और सुधा को बस उसी में खुश रहना होता था।

छुट्टियों में शर्माजी अपने पिताजी के घर पहुँचते ही सुधा और बच्चों से मानो पराए से हो जाते। सुधा अपनी सहेलियों से हँसते हुए कहती थी, "ससुराल पहुँचते से ही श्रवणकुमार शर्माजी अपने पिताश्री के चरणों मे जा बैठेंगे और हम रसोई में चूल्हे के चरणों में!" अपनी भावनाओं

को को हास्य का पुट देकर सुधा ने जीना सीख लिया था। पर वह अक्सर सोचती, "विवाह कर हमने अपना घर-परिवार, माता-पिता, और अपना नाम तक छोड़ दिया है और पता नहीं क्यों शर्मा जी हर पल इतने भावुक होते रहते है। पता नहीं कौन सी ग्लानि में जीते है? मानो विवाह कर के कोई गलती की है। छुट्टी का एक-एक पल अपने पिता जी के साथ बिता देते है।" सुधा छुट्टियों में अधिकांश अकेली ही अपने बच्चों को बाज़ार या शाम को पार्क में घूमा लाती, क्योंकि उसके ससुरजी रोज़ अपने मित्रों से मिलवाने या अन्य किसी कार्य से शर्माजी को अपने साथ व्यस्त रखते। कितनी ही बार उसे महसूस होता कि शर्माजी का बिल्कुल मन नहीं होता था, परंतु वे यह बता नहीं पाते थे। सुधा अकसर सोचती, 'सम्मान और डर में फरक होता है। पितृ सत्ता में जो व्यक्ति स्वयं इतना दबा घुटा हुआ महसूस कर रहा है वह दूसरों को कैसे सुरक्षित महसूस कराएगा?' ससुराल में सुधा के दिन महज एक शारीरिक दिनचर्या की तरह बीतते। सुबह उठकर वह घर के कामों में लग जाती। बच्चों के साथ-साथ सबके नाश्ते, खाने, कपड़े, सफाई के कामों के अलावा मिलने आने वाले मेहमानों के लिए चाय-नाश्ता आदि में उसका सारा दिन बीत जाता। शर्माजी की माँ भी यंत्रवत होकर उसकी मदद कर देती। उन्हे सुधा से कभी कोई शिकायत नहीं रही। लेकिन वह बातें भी बहुत कम करती थीं। सुधा ने गौर किया कि अधिकतर फ़ैसलें उसके ससुर जी ही लेते थे और सास ने हाँ में हाँ मिलाकर जीवन जीने का मंत्र अपना लिया था। व्यस्त दिनचर्या के बावजूद सुधा को कभी सज-धज कर परिवार के साथ घूमने जाने का मौका मिल जाता तो कभी शाम को बैठक में सबके साथ सोफ़े पर बैठकर चाय पीने को मिल जाता था। उसके लिए वैचारिक आदान-प्रदान की अलिखित मनाही थी। यदि वह कुछ सामाजिक, राजनैतिक विचार व्यक्त भी करती, तो कोई तवज्जो नहीं देता। मानो बहू के किरदार में उसका कुछ जानकारी रखना और विचार व्यक्त करना बेमानी है। कितनी ही बार जो बातें उसे ज्ञात होती, वही उसे बच्चों की तरह समझाई जाती। वह स्वयं को मूर्ख जैसा महसूस करती। जब शर्माजी के माता-पिता उनके साथ कुछ दिन के लिए रहने आते, तब

तो सुधा और भी अधिक तनाव में रहती। अपने सास-ससुर से ज्यादा वह अपने पति से डरी हुई रहती क्योंकि उन दिनों शर्माजी उसके साथ बातचीत बिल्कुल न के बराबर करते। उनके चेहरे पर हर पल एक रोष और तनाव-सा रहता। उसके लिए वो बिल्कुल अजनबी से बन जाते। सुधा अकसर सोचती, 'शर्माजी किसी भी तरह से अपने पिता पर निर्भर नहीं है, फिर यह असहजता क्यों?' शिक्षा पूरी होने के बाद सरकारी परीक्षाएँ अव्वल दर्जे से उत्तीर्ण कर वो राज्य सरकार में विभागीय इंजीनियर के पद पर रहे। अपने बलबूते पर प्रगति की। उन्हें इंजीनियरिंग की शिक्षा करवाने में पिताजी ने खर्च किया था, इसका बोध उनके मन पर बोझ सा है। इस बात का सुधा को अचरज होता। वह सोचती 'ऐसा क्यों?' इस प्रश्न का जवाब उसे कुछ वर्षों बाद मिल गया था जब बात-बात पर वह अपने ससुरजी के मुख से सुनती, "हमने उसे इंजीनियर बनाया है।" सुधा समझ नहीं पाती, क्योंकि शर्माजी ने तो अपने बलबूते पर, मेरिट के आधार पर अच्छे कॉलेज में दाखिला प्राप्त किया था और बच्चों को पढ़ाना तो माता-पिता का कर्तव्य होता है। वह शर्माजी से यह बात कहने की हिम्मत नहीं कर पाती। जितना समय शर्माजी अपने पिताजी के साथ रहते, उतना ही अधिक वे अपनी पत्नी और बच्चों पर रोष निकालते। तबादले के बाद ऐसे वातावरण से दूर रहकर भी पितृ सत्ता के अवगुण तो शर्मा जी में भी आ ही गए थे, जिनमें से एक था स्त्री पर संप्रभुता की भावना। स्त्री को बराबरी के दर्जे पर देख पाना उनके लिए मुश्किल था।

रिटायर होने के बाद, जब शर्माजी को एक नए सिरे से सामाजिक पहचान बनानी थी, तब इसके लिए उन्होंने युवावस्था के दोस्तों से शुरुआत की थी। मिश्रा जी उन्ही पुराने दोस्तों में से एक थे, उन्होंने शर्मा जी के साथ ही इंजीनियरिंग की शिक्षा प्राप्त की थी। बाद में उसी कॉलेज में पढ़ाना शुरू कर दिया था। अब वो भी रिटायर हो गए थे।

"छब्बीस जनवरी को इसे बुलाना ही नही चाहिए था, अब हम रिटायर लोगो को क्या छुट्टी, क्या संडे .... परेड देखकर सो गया होगा फिर से।" - शर्मा जी की बड़बड़ चालू थी। सुधा सोफ़े पर आराम से

बैठकर अपने हाथों पर क्रीम लगाते हुए बोली, "अरे, ठंड के दिन है, उन्हें भी तो सब कुछ निपटाकर आने में वक़्त तो लगेगा न? अब कोई युवावस्था थोड़ी है जो झट से सोचा और पट से निकल पड़े।"

"उन्हें कौन सा अपने घर खाना बनाना है? हमने खाने पर ही तो बुलाया है। कहा था, बारह बजे आ जाना। गपशप करेंगे, एक बजे भोजन फिर गपशप, थोड़ा आराम, चार बजे चाय, फिर चले जाना।" - हाथ हिलाते हुए शर्मा जी ने कहा।

"कमाल करते है आप! उनके जाने तक का टाइम भी बता दिया आपने? अब वो शायद नाराज़ होकर आए ही ना। ऐसे कोई आमंत्रित करता है क्या?" - सुधा हैरान हो गई। "ये कौन सा रूप है आपका? क्या सोचा होगा उन्होंने?"

"अरे कुछ नही सोचेगा, पुराना दोस्त है मेरा ...." - शर्मा जी ने लापरवाही से कहा।

"ये आप के कॉलेज के दिन नही है। अब तो आप के बच्चों की भी शादियाँ हो गई है। मिश्रा जी की पत्नी भी आ रहीं है, हमने दोनों को बुलाया है। क्या सोचेंगीं वो? बुरा नही लगा होगा उन्हें?" - सुधा को ये बात बिल्कुल नही अच्छी लगी थी।

"अरे कुछ नही लगेगा, पत्नी ही तो है, पत्नियों को कुछ नही लगता, जब मिश्रा को बुरा नही लग रहा तो उन्हें क्यों लगेगा? " - शर्मा जी की आवाज़ में एक गुरूर और लापरवाही सी थी।

सुधा को उनकी ऐसी सोच पर हमेशा आपत्ति होती थी। "पत्नी" नामक जीव मानो कोई निर्जीव वस्तु है, जो उन्हें बस ज़िन्दगी भर ढोनी है और आवश्यकता अनुसार सामाजिक साख के लिए अलग-अलग खाँचे में बैठा देनी है। उसे अच्छी माँ, आदर्श बहू, स्नेहिल भाभी, कुशल गृहिणी और पति की एक कुशल सेक्रेटरी होना होता है।"

"पापा मिसोजनिस्ट है." – सुधा की बेटी, चौदह वर्षीय प्रिया ने एक बार कहा था।

"क्या मतलब?" - सुधा ने पूछा था।

"देखो डिक्शनरी में।" - प्रिया ने इंग्लिश टू हिंदी डिक्शनरी माँ के सामने रख दी थी। अर्थ पढ़कर सुधा थोड़ी दहल गई थी। युवा होते बच्चे कड़वा सच बोलने लगे थे, उसे अपने आप पर शर्म सी महसूस हो रही थी। उसे ग्लानि हो रही थी कि प्रिया को ऐसा महसूस हो रहा है।

"सॉरी बेटा" - सुधा ने प्रिया के सिर पर हाथ घुमाते हुए कहा था- "ऐसा नहीं है बेटा, तुम्हारे पापा तुम्हें बहुत प्यार करते हैं। तुम्हारे भविष्य को लेकर सदैव चिंतित रहते हैं।" सुधा नहीं चाहती थी कि प्रिया अपने पिता के प्रति कोई कड़वाहट मन में रखे। परंतु वो उसके संवेदनशील किशोर मन को कैसे समझाती, जो युवा ऊर्जा और जागरूकता से स्वतंत्र अस्तित्व की ओर पंख फड़फड़ाता विद्रोही भी हो चला था।

"आप क्यो सॉरी बोल रहे हो? आप कर भी क्या सकते थे? पापा मेरी पढ़ाई में तो मुझे गाइड करते है, मानती हूँ। परंतु बाकी सभी बातों में सिर्फ भैया को पूछते है। मेरा स्कूटर सीखना भी उन्हें पसंद नहीं। और आप स्वयं कहाँ कुछ निर्णय लेतीं है? सब कुछ पापा ही तो तय करते है।" – प्रिया ने उससे दया और नाराज़गी दोनों के मिश्रित स्वर में कहा – "माँ आप क्या मुझे न्याय दिलाओगी, जब आप अपने लिए ही बोल नहीं पातीं हों?" सुधा को अचानक अपनी बेटी की कुछ साल पहले कही हुई बात याद आ गई, जो उस वक्त उसे थोड़ी चुभ गई थी, क्योंकि कटु सत्य थी।

अब शर्मा जी सभी को गर्व से बताते है, कि कैसे उनकी बेटी मुम्बई की सड़कों पर आराम से गाड़ी चलाती है, विदेश अकेले घूम आती है। वो गर्व से कुप्पा हुए जाते है। हालाँकि ऐसा सब प्रिया के ससुराल वालों के आधुनिक विचारों की वजह से हुआ था। उन्होंने पहले ही दिन से उसे आत्मनिर्भर बनाने की ओर पहला कदम अर्थात, ट्र व्हीलर की चाबी थमा कर लिया था। फिर कार चलाना सिखाया। बैंकिंग और

बाहर के अन्य कार्यों में पारंगत किया। आज उनकी बेटी प्रिया अपना स्वयं का बिज़नेस संभाल रही है।

सुधा के विवाह के बाद तो उसके मायके जाने की तारीखों से लेकर, घर पर मेहमानों के आने पर खाने के मेनू तक सारे निर्णय शर्मा जी के ही होते थे। वे घर और बाहर की पूरी कमान अपने हाथ में लिए हुए होते थे। अकसर परिवार में और बिरादरी में सब सुधा को कहते, "कितनी भाग्यशाली हो, शर्मा जी का कितना ध्यान रहता है। घर हो या बाहर।" क्या कहती सुधा? वह तो कठपुतली बन कर रह गई थी। बच्चे बड़े होने लगे तो अपनी मर्ज़ी से जीने के लिए शर्माजी से बहस करने लगते, ऐसे में उनका गुस्सा सातवें आसमान पर पहुँच जाता। वे बोलना ही बंद कर देते। कॉलेज में आने के बाद बेटे प्रणव को अपने साथ बिठाए रखते। उसके साथ परिवार, दादा–परदादा के किस्से बाँटते। घर की आर्थिक व्यवस्था, पुश्तैनी जायदाद की जानकारी देते। उसकी उच्च शिक्षा संबंधी मार्ग दर्शन करते। सुधा को अच्छा तो लगता परंतु कहीं कुछ खटकता, क्योंकि प्रिया इन सब चर्चाओं का हिस्सा नही होती थी। यह सब देखकर सुधा को लगता, मानो एक राजा राजगद्दी के लिए अपने बेटे को तैयार कर रहा है। उसने गौर किया, प्रणव एक अधिकार के लहजे में सिर्फ प्रिया से ही नही तो उससे भी बात करने लग गया था। उसे एहसास हुआ कि उसे प्रणव से बात करनी होगी, क्योंकि अगली पीढ़ी की पत्नियाँ गलत बातों पर चुप रहने वाली नही होगीं और प्रणव को सही अर्थों में स्त्रियों का सम्मान करना सीखना होगा। सुधा अकसर सोच में पड़ जाती, क्योंकि शर्मा जी ने अपने परिवार की भौतिक ज़रूरतों का बहुत अच्छे से खयाल तो रखा ही था, एकछत्र राज की तरह। कभी शर्मा जी बहुत नरम दिल के प्रतीत होते परंतु अत्यंत अल्प काल के लिए। सुधा के अंदर एक स्त्री कहीं न कहीं अबोली ही रह गई थी। शर्मा जी के प्रति कभी निर्विकार होकर तो कभी प्रेम, कभी क्रोध, करूणा, लगाव जैसी सभी भावनाओ के सागर में गोते लगाते हुए उसने इतने वर्ष गृहस्थी चला ही ली अब स्थिरता थी। फिर भी कभी-कभी उसे लगता, उसे बहुत कुछ कहना है।

"सुधा, आ गए वो लोग ... बाहर आ जाओ जल्दी। पानी फ्रिज का नही पिलाना, ठंड है।" शर्मा जी की तेज आवाज़ से सुधा की तंद्रा टूटी। सुधा ने कहा, "जी, आई" ....

"मुझे समझ नही है क्या?" मन ही मन बुदबुदाते हुए उसने कहा। वह जल्दी से अपना पल्लू और साड़ी की प्लीट्स सहेजते हुए सोफ़े पर से उठ खड़ी हुई। उसने जग में पहले से सही तापमान का तैयार किया पानी, ट्रे में रखे चारो गिलासों पर एक नज़र डाली और बरामदे में आ गई। मिश्रा जी और उनकी पत्नी विभा कार पार्क कर, गेट खोल कर अंदर आ चुके थे।

"नमस्ते – नमस्ते, आइए-आइए मिश्रा जी, विभा जी, कैसे हैं आप?" - सुधा हाथ जोड़ स्वागत करते हुए बोली।

"नमस्ते" हाथ जोड़ कर मुसकुराते हुए विभा ने कहा- "विभा जी नही सिर्फ विभा, हम तो हमउम्र है, और .....

"और हम, हमउम्र रिटायर्ड बूढ़े !!" विभा को बीच में ही मिश्रा जी ने टोक दिया, और हँसते हुए कहा, "माफ कीजियेगा भाभी जी, मैं आप दोनों की नही, मैं तो अपनी और शर्मा की बात कर रहा हूँ..! आप लोग तो वैसे के वैसे ही है !!" - हाथ जोड़कर, अपनी ज़िंदादिल हँसी हँसते हुए मिश्राजी सुधा से बोले। सुधा और विभा दोनों हँस पड़ीं। शर्माजी ने हमेशा की तरह संजीदगी से, हाथ जोड़ कर मेहमानों को अंदर आने के लिए कहा और मिश्रा जी के हल्के-फुल्के अंदाज़ को बिल्कुल दरकिनार करते हुए, उनसे हाथ मिलाते हुए कहा, "घर मिल गया न आसानी से मिश्रा? काफी कंस्ट्रक्शन हो गया है इन दिनों, रिंग रोड बनने से इलाका भी पहचान में नही आता है।"

"तू इस शहर में अभी वापिस लौटा है, शर्मा... मैं इसी शहर का वासी हूँ। हाँ, इस तरफ आना नही हुआ कई सालों से, पर सड़के हमें बखूबी पहचानती है...! खूब साइकिलें और वेस्पा दौड़ाई है इन सड़कों पर यारा...!" - कहते हुए मिश्राजी ने शर्माजी के कँधे पर धौल जमा दी। चारो अन्दर आकर बैठ गए।

सुधा खाना बनाने की शौकीन थी, उसे पता था विभा राजस्थान से है तो उसने गट्टे की सब्जी चुपचाप बना ली थी, शर्मा जी के दिये हुए मेनू के अलावा। मटर-पनीर के साथ दाल हल्की रखी थी सिर्फ जीरा हींग के तड़के वाली। शर्मा जी की फरमाइश तो अभी भी युवाओं जैसी थी, शरीर साथ दे न दे। लेकिन सुधा अब थोड़ा बहुत फेर-बदल कर देती थी, पर बहाने बना कर। भोजन के पश्चात सभी बाहर आकर बैठ गए और सुधा एक ट्रे में सब के लिए केसर और सूखे मेवे से सजी फिरनी के कुल्हड़ ले आई। साथ ही लकड़ी के नक्काशीदार चम्मच। एक कुल्हड़ का आकार बिल्कुल अलग था। उसकी ओर इशारा करते हुए सुधा ने कहा - "ये वाला कुल्हड़ शर्मा जी का है, कम चीनी वाला, नाममात्र की।" - सुधा ने ट्रे विभा की ओर बढ़ाते हुए कहा, "लीजिए।"

"अरे वाह, फिरनी! सुधा, आप तो कमाल है...!" - विभा ने कुल्हड़ और चम्मच उठाते हुए कहा।

"वाह, भाभी ये भी!"- मिश्राजी ने खुशी से कुल्हड़ उठाया। विभा और मिश्रा जी दोनो ही सुधा की पाक कला की प्रशंसा करते थक नही रहे थे। "फिरनी तो लाजवाब है! " - दोनो एक स्वर में बोले।

शर्माजी को उनका कम चीनी वाला कुल्हड़ थमाते हुए, सुधा अपना कुल्हड़ लेकर सोफे पर बैठ गई। सब फिरनी के स्वाद में खो गए। जायफल, इलायची, सूखे मेवे और केसर डली हुई गाढ़ी फिरनी सुधा की खासियत थी। जो वह मेहमानों को सर्दियों में गर्म और गर्मियों में गुलाब जल और गुलाब की पंखुड़ियों से सजाकर ठंडी परोसती थी।

फिरनी खाते हुए, मिश्राजी ने पूछा, "आज परेड देखी क्या, शर्मा ? आज तो एक ऑल वुमन कन्टिनजेन्ट क्या शान से परेड करते हुए निकला, बहुत अच्छा लगा।"

"हाँ सुबह से टीवी पर यही खबर बार-बार दोहराई जा रही है।"

शर्मा जी ने उतनी ही निर्विकार आवाज़ में उत्तर दिया, जितने निर्विकार भाव से वह फिरनी खा रहे थे।

"सच, लड़कियाँ सभी क्षेत्रों में ऊँचाइयाँ हासिल कर रही है, देख कर बड़ी खुशी होती है, पिछले वर्ष मार्च में एक लंबी विदेश जाने वाली फ्लाइट में पायलट, केबिन क्रू सभी महिलाएँ थी।" - विभा ने कहा

सुधा कुछ बोल पाती इसके पहले शर्मा जी बोल पड़े, "पर मुझे यह समझ में नहीं आता, मीडिया इस बात को इतना हाइलाइट क्यों कर रहा है? महिलाऐं बराबरी की बातें करतीं हैं, फिर बार-बार ये स्पेशल उल्लेख क्यों? चुपचाप करें महिलाएँ अपने काम, जैसे हम करते है। इतने पुरुष फौजी सालों से कुर्बान हो ही रहे है न? फिर राजपथ पर महिला कॉन्टिनजेन्ट का इतना उल्लेख क्यों? और स्पेशल कन्टिनजेन्ट भी क्यों हो....?" - शर्मा जी के चेहरे पर एक अजीब-सा भाव आ गया था, मानो खाते हुए फिरनी कसैली हो गई हो। उन्होंने ताव में बोल तो दिया था, परंतु अब खुद ही बेचैन हो रहे थे।

कुछ क्षणों के लिए वहाँ सन्नाटा छा गया, शर्मा जी जैसे पढ़े-लिखे और उच्च पद से रिटायर व्यक्ति से ऐसी अभिव्यक्ति अनपेक्षित थी। यह भी हो सकता था, नारी-नारी की गुहार से उलझे हुए कई पुरुषों की तरह, जो बदलते दौर में अपनी ही भूमिका को समझ नही पा रहे, या पितृ सत्ता में उनकी भूमिका बदल नही रही, इस झुंझलाहट में यह गुस्सा झलक पड़ा था।

शर्माजी की बातें सुनकर सुधा के शरीर में एक लहर-सी दौड़ गई, वह एक अजीब सी शक्ति से कंपित होने लगी। उसे अपने शरीर में बहुत तेजी से लहू दौड़ता हुआ महसूस हुआ और उसकी उष्णता उसे अपने हथेलियों तक महसूस हुई। एक दृढ़ आत्मविश्वास के साथ उसने अपना कुल्हड़ मेज पर रखा, और अपनी दोनो हथेलियों को आपस मे बाँध कर बोली,

"ऐसा है शर्मा जी, जिस दिन घर से बाहर निकलने पर, लिफ्टमैन, गार्ड, सायकल स्कूटर रिपेयर की दुकान चलाने वाले, फल-सब्ज़ी बेचने वाले, हार्डवेयर या अन्य सामानों के दुकानदार, मेकैनिक, प्लमबर, इलेक्ट्रिशियन, बस-ड्राइवर, कंडक्टर, ऑटो या टैक्सी ड्राइवर, ट्रैफिक

पुलिस, सरकारी अधिकारी, बैंक के कर्मचारी, ट्रेन चालक, टीसी, पुलिस कर्मी, सारे सरकारी अधिकारी, विधायक, मंत्री, सारे मुख्य मंत्री, राज्यपाल, हाय कोर्ट और सुप्रीम कोर्ट के मुख्य जज, प्रधानमंत्री, राष्ट्रपति, बड़े उद्योगों के मालिक, तीनो सेनाओं के प्रमुख ये सभी हमेंशा महिलाएँ होंगी न, उस दिन से महिलाओं का कोई स्पेशल उल्लेख नही होगा। जिस दिन वो घर-परिवार से लेकर सभी जगह सिर्फ अनुमति नहीं निर्णय लेने लगेंगी, जिस दिन से उसे अधिकार आप पुरुषों की तरह विरासत में मिलेंगे, उस दिन से महिलाओं की उपलब्धियों का कोई विशेष उल्लेख नहीं होगा। और हाँ, उस दिन पुरुषो का स्पेशल कन्टिनजेन्ट ज़रूर राजपथ पर मार्च करेगा, और उसका भरपूर उल्लेख होगा।"

विभा और मिश्राजी सुधा को देखते रह गए। शर्माजी अवाक् रह गए।

सुधा अपनी बात खत्म कर चुकी थी। उसने सहजता से फिरनी का कुल्हड़ उठाया और मज़े से खाना शुरू कर दिया।

--:--

पायदान

"क्या कह रहे हो? सच?" तबादले की खबर सुनकर राधिका ने अपना लैपटॉप उठाकर किनारे रखा और उत्साह से उठकर अभिमन्यु के पास आई और पूछा- "कब जॉइन करना है?" उसके चेहरे पर खुशी और आँखों में चमक देखकर अभिमन्यु चकित था। "अकसर यह प्रतिक्रिया विदेश या बड़े शहरों में तबादला होने पर होती है। तुम अनोखी ही हो जो एक इतनी छोटी-सी जगह तबादला होने पर खुश हो रही हो।" – कपड़े बदलते हुए अभिमन्यु ने कहा, "पर तुम खुश हो देखकर अच्छा लगा। वैसे मैंने पता किया है, वहाँ एक केन्द्रीय विद्यालय भी है तो तुम अपना पढ़ाने का काम वहाँ भी जारी रख सकती हो।"

"यह तो और भी अच्छी बात है।" कहते हुए राधिका फिर लैपटॉप के सामने जाकर बैठ गई और बोली, "जानते हो अभि, बचपन में ट्रेन से सफर करते हुए बिल्कुल वीराने छोटे-से स्टेशन पर जब गाड़ी रूकती थी, मैं बड़े कौतूहल के साथ खिड़की से देखती रहती थी। पानी के गोल प्याऊ, जिसके चारों ओर नल लगे होते थे, और कभी-कभी हरी लाल झंडिया और लोहे का बड़ा सा छल्ला ले जाता हुआ रेलवे का कर्मचारी दिखाई दे जाता। दूर-दूर तक फैले खेत, जिसमें डंडी वाली आइसक्रीम जैसे दिखते आम के पेड़, बिल्कुल पेंटिंग जैसी छोटी-छोटी झोपड़ियाँ, और स्टेशन के बाहर दिखते, एक कतार में पीले रंग के पक्के मकान जो शायद रेलवे के कर्मचारियों के ही होते होंगे। कभी शाम को ट्रेन ऐसी जगह रुकती, तो अकसर बाल्टी वाली सिगड़ियाँ उन मकानों के बाहर रखी हुई दिखाई देतीं थी। उनमें से निकलता धुआँ और नारंगी चिंगारियाँ, स्याह नीले आकाश में विलीन हो जाती। मैं सोचने लगती थी, कैसा होता होगा यहाँ पर रहना? मन करता, उतर

कर घूम आऊँ ..... और हमारी ट्रेन चल पड़ती।" राधिका बचपन की सुकून भरी यादों में ऐसे खो गई थी कि अभिमन्यु को हँसी आ गई। उसने राधिका की आँखों के सामने हाथ हिलाते हुए कहा, "जाग जाओ, राधिका। दूर के ढोल सुहाने होते है। गाँव का जीवन पेंटिंग में लुभावना लग सकता है या ट्रेन की खिड़की से। असलियत में ऐसा नहीं होता है। कभी-कभी लगता है तुम गलती से विज्ञान और गणित की शिक्षिका बन गई। तुम्हें तो कलाकार होना चाहिए था। खैर, यह जान लो कि शहरी जीवन की सुविधाएँ नहीं होगी वहाँ।" अभिमन्यु ने अपनी शर्ट की बाँहें ऊपर की ओर मोड़ते हुए कहा - "हालाँकि प्रोजेक्ट समाप्त होने तक हम वहाँ स्थित सरकारी सुरक्षा संस्थान के आवासीय कैंपस में रहेंगे। शायद डेढ़ या दो साल। फिर भी यह एक अनोखा अनुभव तो होगा ही।" हाथ-मुँह धोकर अभिमन्यु खाने की मेज पर आ बैठा। दोनों ने यंत्रवत खाना खाया। दोनों ही नई जगह के बारे में सोच रहे थे। सरकारी निर्माण परियोजनाओं के चलते तबादला उन के जीवन का अभिन्न हिस्सा था, परंतु उनका इतनी छोटी जगह पर जाना पहली बार हो रहा था। दोपहर के खाने के बाद राधिका इंटरनेट पर तबादले की नई जगह के बारे में जानकारी ढूँढने बैठ गई। जब उसे ज्यादा कुछ देखने पढ़ने को नहीं मिला तो वह और भी उत्सुक हो गई। "कुछ अजीब सा रोमांच महसूस हो रहा है, बिल्कुल वैसे ही जब इंटरनेट नहीं हुआ करता था, और हम नई जगह पर कोरे कागज़ के समान पहुँचते थे।" राधिका सोचने लगी, "यह तो और भी अच्छा है।"

केन्द्रीय सरकार में अभियंता के रूप में कार्यरत अभिमन्यु का तबादला हर तीन या चार साल में होता रहता, देश भर के छोटे-बड़े शहरों में रहते हुए राधिका अकसर दूर-दराज और आंतरिक कस्बों में जाकर रहने के बारे में सोचती थी। उसे लगता, देश ने कितनी भी प्रगति कर ली हो, परंतु वह कितनी गहराई तक हुई है यह अंदरूनी क्षेत्रों की आम जनता के जीवन को देखने, उनके साथ मिलने-जुलने और वार्तालाप करने से ही पता पड़ता है।

सामान का ट्रक जाने के दो दिन बाद, कार में सूटकेस रखते हुए अभिमन्यु ने कहा- "यह पहली बार है जब श्रुति और प्रज्ञा हमारे साथ नहीं है। लॉन्ग ड्राइव में दोनों की बातें, गाने, मस्ती करने से सफर आसान हो जाता था। सोच रहा था, बुला लूँ बँगलोर से दोनों को।"

"अभी बहुत याद आ रही है बेटियों की? जब वो पीछे बैठ कर मस्ती करती थीं, तब बिचारी दोनों कितनी डाँट खाती थीं।" राधिका मुसकुराते हुए बोली, "अच्छा है, नहीं बुलाया, अभी आ भी नहीं पाती। तुम शायद भूल रहे हो पर तुम्हारी बड़ी बेटी अब सीनियर इग्ज़ेक्यूटिव है और छोटी भी कॉलेज के अंतिम वर्ष में। यूँ ही कभी भी उठ कर आ नहीं सकती। हम सेटल हो जाए, फिर छुट्टियों में आ सकती है दोनों।" बेटियों को लेकर राधिका ज्यादा व्यवहारिक थी और अभिमन्यु भावुक।

पश्चिमी मध्यप्रदेश के आंतरिक हिस्से में बसे छोटे से कस्बे की ओर का सफर बहुत ही रमणीय था। सड़क के दोनों ओर पहाड़ियों पर सागौन के पेड़ लगे हुए थे। नीचे हरे-भरे खेत और बारिश के पानी से यहाँ वहाँ छुपे प्राकृतिक तालब और झीलें। राष्ट्रीय मार्ग से करीब बीस किलोमीटर की दूरी पर बसा था छोटा सा बनगाँव। गाँव, जो एक छोटे जिले से भी छोटा परंतु एक आम गाँव से थोड़ा बड़ा और उसी के आस-पास और भी छोटे-छोटे गाँव बसे हुए थे। बनगाँव में स्थित सरकारी सुरक्षा संस्थान के रहवासी कॅम्पस में ही अभिमन्यु को घर मिला था। कॅम्पस बहुत ही सुंदर था। चारों ओर विभिन्न प्रकार के घने पेड़, जिनके बीच यहाँ वहाँ छुपे हुए से ब्रिटिश काल के बने हुए कवेलू लगी हुई ढलान वाली छत के, लंबे बरामदे वाले घर बने हुए थे। जिसमें कमरे भी रेल के डिब्बे के समान एक कतार में बने हुए थे। चारों और फैली लंबी घास और घने पेड़ों के बीच यहाँ-वहाँ से झाँकते हुए कुछ घर। उन सब के बीच से घूमती हुई सर्पीली सड़क जो अचानक से दिखती और फिर घने पेड़ों के बीच जाकर ओझल हो जाती। सम्पूर्ण परिदृश्य में कहीं भी शहरी आभास नहीं था। राधिका को लगा मानो बीसवीं सदी के शुरुआती काल में पहुँच गई है। शाम को कॅम्पस में घूमते हुए राधिका ने कहा "सुनो अभि, मुझे तो ऐसा प्रतीत हो रहा है, मानो अभी वहाँ से

एक घोड़ा-गाड़ी आएगी जिसमें वन-विहार के लिए जाती हुई राज परिधान में सजी हुई महिलाऐं सवार होंगी।"

"घोड़ा-गाड़ी तो पता नहीं, परंतु तेंदुए अभी भी घूमते हैं यहाँ पर... तो शाम को वॉक के लिए सावधानी से जाना।" अभिमन्यु ने मुसकुराते हुए राधिका की टाँग खींची। राधिका कुछ जवाब देती तभी उसने देखा सामने से लगभग उन्नीस-बीस वर्षीय दो लड़के साइकल पर आ रहे थे जो उन्हें देखते ही नीचे उतर गए और नमस्ते कह कर किनारे हो गए। राधिका और अभिमन्यु ने भी उन्हें नमस्ते कहा परंतु राधिका को कुछ अजीब लगा। सोमवार को अभिमन्यु के ऑफिस का पहला दिन था। उसके पहले विशाल कैंपस, जो घने वृक्षों और प्राकृतिक नहरों से आच्छादित था, को अच्छे से जानने के लिए दोनों सुबह शाम पैदल घूमने निकल जाते। हर बार दोनों को यही अनुभव होता जब अंदर कार्यरत लड़के या कॅम्पस के अंदर आने की अनुमति मिले हुए दूधवाले, या अन्य काम से आए हुए गाँव के लोग सामने दिखते ही अपने वाहन से नीचे उतर जाते, किनारे होकर नमस्ते कहते और उनके आगे जाने के बाद ही अपने वाहन पर सवार होते। इस बात से दोनों ही थोड़े असहज हो गए थे। "अभि, यह कैसा फ्यूडलिस्टिक वातावरण है यहाँ पर? मुझे तो बहुत अजीब लग रहा है। अपराध बोध ही हो रहा है। नमस्ते कहना तो अच्छी बात है, पर ये झुक कर किनारे क्यों हो जाते है? और हमारे आगे निकल जाने का इंतज़ार क्यों करते है? ऐसा लग रहा है हम सच में सौ साल पीछे आ गए है और अंग्रेज़ों की जगह सरकारी अफसरों ने ले ली है।"

"मैं भी सोच रहा हूँ, ये लोग डरे-डरे से क्यों है?" अभिमन्यु ने कहा। उसी दिन रात को वे दोनों एक अधिकारी के घर पार्टी के लिए आमंत्रित थे। वहाँ राधिका ने अन्य मेहमानों के साथ कॅम्पस में घूमते हुए जो अनुभव हुए, उनका ज़िक्र किया। जिसे सुनकर एक वरिष्ठ और गर्विष्ठ अधिकारी ने लापरवाही भरे अंदाज़ में कहा, "अरे मैडम, इन लोगों के साथ ऐसा ही करना चाहिए, इन्हे डरा के नहीं रखा तो ये सिर पर बैठ जाएंगे..."

"इन लोगों" से क्या तात्पर्य है आपका? - राधिका को अधिकारी का व्यवहार और बोलने का लहज़ा सामंती प्रतीत हुआ और बिल्कुल पसंद नहीं आया। फिर भी उसने संयत स्वर में पूछा। तभी मेजबान महिला ने राधिका के पास आकर उसे अधिकारी का परिचय देते हुए बताया, "ये माथुरजी है, यहाँ के चीफ एडमेनिस्ट्रेटिव हेड। इनका यहाँ बहुत दबदबा है। आइए, आप को अन्य लोगों से भी मिलवा देती हूँ।" राधिका मेजबान की बातों का तंज समझ गई और वहाँ से हटने का इशारा भी, परंतु माथुरजी अपने चौथे पेग और उस जगह की सत्ता के मद में अपने पास खड़े दूसरे अधिकारी के कँधे पर हाथ रखकर बोले, "भाई,... मेरा तो यह मानना है....कि समाजवाद सिर्फ किताबों में अच्छा लगता है।"

"इस विषय पर आपसे बाद में चर्चा ज़रूर करूँगी।" – कहते हुए राधिका पार्टी में अन्य लोगों से मिलने चल पड़ी।

सामान का ट्रक पहुँचते ही राधिका के पास काम के लिए पूछने करीब बीस-बाईस वर्ष के लड़के आने लगे थे। राधिका को ज्ञात था कि छोटी जगहों पर अकसर घरेलू कामों के लिए महिलाएँ नहीं आती है। ब्रिटिश कालीन पुराने बँगले की साफ-सफाई, बँगले के सामने और पीछे लंबे-चौड़े बगीचों की देखभाल और रसोई के काम के लिए उसे तीन लड़कों को काम पर रखना पड़ा था। उन्हीं में से एक लड़का था शिवम। जिसे उसने बगीचे की देखभाल के लिए रखा था। उसकी दास्तान सुनकर राधिका का दिल पसीज गया था। शिवम के पिता दूसरों के खेतों में काम करते थे और अकसर बीमार रहते थें। परिवार बहुत बड़ा था, उसे घर पर ठीक से खाना भी नहीं मिलता था। पास के गाँव से, सुबह बिना कुछ खाए-पिए वह आठ बजे काम पर पहुँच जाता। राधिका ने उसे रोज़ सुबह पेट भर नाश्ता और चाय देना शुरू किया। कभी गौतम जिसे राधिका ने रसोई के काम के लिए रखा था, देर से आता तो राधिका स्वयं उसे गरम पराठें बनाकर खिलाती। फिर वह बगीचे में काम पर लग जाता। वह दुबला पतला सा था। डरा हुआ सा रहता था। उसकी मजबूरियाँ, गरीबी, उसके चेहरे पर हर पल झलकती थी। बीस-बाईस की आयु में ही वह मानो जीवन से सारी आशाएँ खो

बैठा था। अभी तक की आयु में सरकारी स्कूल से दसवीं तक पढ़ाई पूरी करने के बाद, उसका जीवन खेती से संबंधित कामों में ही गुज़रा था। उसके मुँह से आवाज नहीं निकलती थी। बस सिर हिला कर हाँ या ना में जवाब देता। उसे कहना पड़ता, "बेटा, ज़ोर से बोलो।" राधिका ने उसे अभिमन्यु के कुछ टी-शर्ट दिए, जो उसके दुबले पतले शरीर पर चोगे की तरह लटकते। राधिका और अभिमन्यु दोनों उसकी मेहनत और लगन देखकर दंग रह गए थे। उसने दो हफ्ते में ही घर के पीछे और सामने से झाड़ी-झँकाड़ निकाल कर, जगह समतल कर बागवानी के लिए तैयार कर दी थी। जब राधिका को पता पड़ा कि दोपहर को वह बंगले के पीछे वाले आम के पेड़ के नीचे सुस्ता लेता और चार बजे पानी आने पर पूरी ज़मीन को पानी से सींचता, फिर साँझ ढले अपने गाँव लौटता है और उसे अपने घर जाने की कोई इच्छा नहीं होती, तब वह सोच में पड़ गई कि यह दोपहर का खाना कब और कहाँ खाता है? इतने दुबले पतले लड़के में इतनी ताकत कहाँ से आ जाती है? उसी दिन शाम को अभिमन्यु और राधिका ने खोद-खोद कर शिवम से पूछा और तब उन्हे पता चला कि शिवम और उसकी बहन छोटे थे तभी उनकी माँ चल बसी थी और पिता ने दूसरी शादी कर ली थी। इनकी देखभाल तो हुई नहीं, दूसरी शादी से उत्पन्न संतानों से परिवार और बढ़ गया था। घर पर परिवार की आर्थिक तंगी का सारा गुस्सा शिवम पर निकलता था। वह घर न जाकर अपनी एक वक्त की ज़लालत बचा लेता, भूखे तो वैसे भी रहना ही था। यह सब जानकर राधिका दुःखी हो गई। उसे बहुत ग्लानि हुई, उसे लगा उसने और पहले शिवम के बारे में क्यों नहीं जान लिया। अभिमन्यु ने कहा, "तुम चिंता मत करो, यहाँ ग्रुप डी के कर्मचारियों के खाने की व्यवस्था के लिए एक कैंटीन है, जहाँ पर दोपहर के भोजन के पैसे हम दे दिया करेंगे, और शिवम वहाँ खाना खा लिया करेगा। सुबह का नाश्ता और चाय तो तुम दे ही देती हो। बागबानी के काम की हम उसे अच्छी तनख्वाह देंगे तो घर पर भी उसका खयाल रखा जाएगा।" इस व्यवस्था के बाद राधिका उसे अपने साथ बैंक ले गई और उसके नाम से एक बचत खाता खुलवा कर उसमें स्वयं कुछ पैसे जमा करवा दिए। फिर शिवम को अतिरिक्त

पैसा मिलने पर सदैव खाते में जमा करते रहने के लिए प्रोत्साहित किया। बैंक से लौटते हुए उसे कुछ कपड़े भी खरीद कर दिए। शिवम जी जान से काम में जुटा रहता, किसान परिवार से होने से उसे खाद, मिट्टी, पेड़ पौधों का अच्छा ज्ञान था। सजावटी पौधों से वह अनजान था। राधिका ने उसे अलग-अलग मौसमी पौधों के बारे में जानकारी दी और जिले में स्थित नर्सरी से मौसमी फूलों की पौध लाकर दी। शिवम जी-जान से क्यारियाँ बनाने में जुट गया। राधिका ने केन्द्रीय विद्यालय में पढ़ाने का काम शुरू कर दिया था। गणित और विज्ञान के शिक्षकों की वहाँ बहुत ज़रूरत थी।

अभिमन्यु भी परियोजना के अंतर्गत निर्माण कार्य में व्यस्त हो गया था। उसे अकसर सरकारी संस्थानों में चापलूसी और भ्रष्टाचार इन दोनों का बहुत अधिक सामना करना पड़ता था। यहाँ भी ऐसा ही था। अभिमन्यु के जूनियर अधिकारी उसके आगे-पीछे घूमते। कुछ भी काम करने लिए तैयार रहते। अभिमन्यु हमेशा समझाता, "जिस काम की सरकार तनख्वाह देती है, वह करो। काम के प्रति भक्ति रखो, मुझमें नहीं।" परंतु जूनियर अधिकारियों में होड़ मची रहती। वो गाहे-बगाहे कभी वृक्षारोपण, कभी सांस्कृतिक कार्यक्रम और अन्य संमारोह आयोजित करते, वहाँ अभिमन्यु और राधिका को मुख्य अतिथि के तौर पर बुलाते। अधिकारियों की पत्नियाँ राधिका का ध्यान आकर्षित करने के लिए और उससे नज़दीकियाँ बढ़ाने के लिए, कार्यक्रमों में बढ़-चढ़ कर हिस्सा लेती। खाने पर बुलाती। राधिका और अभिमन्यु कितने ही कार्यक्रमों और भोजन के न्यौतों के लिए मना कर देते। सरकारी निर्देश के अंतर्गत होने वाले सामाजिक कार्यक्रमों के अलावा अभिमन्यु अन्य किसी कार्यक्रम को बढ़ावा नहीं देता था। हालाँकि दोनों ही पारिवारिक तौर पर किसी भी प्रकार की मदद के लिए हमेशा तैयार रहते। एक दिन अभिमन्यु ने ऑफिस से राधिका को घर पर फोन किया और कहा - "सुनो आज शाम को तुम अपने आप को फ्री रखना। मिहिर को तुम जानती हो न? आज शाम को उसे मैंने चाय पर बुलाया है, सपत्नीक।" राधिका समझ गई। यह एक साधारण मुलाकात नहीं है। मिहिर एक

युवा अधिकारी था, जो किसी अन्य प्रोजेक्ट के लिए उनके आने के पहले से ही वहाँ कार्यरत था। अपने कार्य में बहुत होशियार, मेहनती और ईमानदार। वह अभिमन्यु के प्रोजेक्ट के अंतर्गत नहीं आता था, परंतु अभिमन्यु काम के सिलसिले से उसे जानता था और अकसर उसका ज़िक्र करता था। मिहिर की पत्नी अनन्या से भी वह मिल चुकी थी। वह एक प्रायवेट बैंक में कुछ वर्षों तक कार्यरत थी। अपनी बेटियों के जनम के बाद से उसने घर संभालने का फैसला लिया था और साथ ही ऑनलाइन पढ़ाने का काम भी किया करती थी।

घर पर आने के बाद अभिमन्यु ने राधिका को बताया "मिहिर जैसे ईमानदार अधिकारी को भ्रष्टाचार के केस में फँसा दिया गया है। पूर्व वरिष्ठ अधिकारियों ने करोड़ों के टेंडर में कुछ घपले किए, जिसकी जानकारी मिहिर को हो गई थी तब कॉन्ट्रेक्टर और सप्लायर ने इसे भी खरीदना चाहा, जो नहीं हो पाया। इसके पूर्व बॉस ने तो अपना तबादला करवा लिया। ये फँस गया। इसके नए बॉस आने तक इसे प्रोजेक्ट का काम भी संभालना है और जो इंक्वायरी होनी है, उसका भी तनाव है। क्योंकि रिपोर्ट इसके खिलाफ बना दी गई है। इसे ठेकेदारों से भी धमकी मिल रही है। आज मेरे ऑफिस में मुझसे मिलने आया था। बातचीत के दौरान बोला पत्नी बहुत डरी हुई है, तुम ज़रा बात कर लेना।"

अभिमन्यु के साथ अपने सत्ताईस वर्ष के अनुभव में राधिका ने यह जान लिया था कि निर्माण कार्य में सभी तरह के लोग शामिल होते है और ऐसे में एक ईमानदार व्यक्ति का चैन से जीना मुश्किल हो जाता है। वह स्वयं गलत काम कर नहीं सकता और अपने सामने होते हुए देख भी नहीं सकता। जूनियर अधिकारी हो तो ऐसे काम को रोकने के अधिकार उसके पास नहीं होते। राधिका ने अभिमन्यु को इस तरह कई बार छटपटाते हुए देखा था। वह हमेशा कहता था, 'ईमानदार होने के साथ-साथ ईमानदारी के सबूत रखना बहुत ज़रूरी है क्योंकि ऐसे मामलों में भ्रष्ट अकसर बच कर निकल जाते है।'

शाम को राधिका ने पाव भाजी बनवा ली और चाय के साथ खाने के लिए केक भी बना लिया। उसका मानना था, ऐसी बातचीत लंबी खींच सकती है, तो साथ में कुछ अच्छा सा खाने के लिए होना चाहिये, तनाव जल्दी घुलेगा। इस उम्र में उसने बाहर के तले समोसे-कचौड़ियों से तौबा कर ली थी।

शाम को तय वक्त पर मिहिर और अनन्या पहुँचें। दोनों ने अभिमन्यु और राधिका से खुलकर बातें की। अनन्या राधिका की ओर देखकर बोली – "मिहिर अपनी ड्यूटी के साथ-साथ दौड़-भाग कर अपने बॉस के सारे काम करते थे। यहाँ वन-विहार के लिए आए उनके मेहमानों को जिले के रेलवे स्टेशन से लाना-छोड़ना, उनकी गेस्ट-हाउस में रहने की सारी व्यवस्था देखना। दिन भर साइट पर निर्माण कार्य और ऑफिस के बीच चक्कर लगाते हुए व्यस्त रहते। जब इनके बॉस को पता पड़ा, कि मिहिर को टेंडर में हुए घपले के बारे में मालूम हो गया है, तो उन्हें लगा मिहिर उन्हें ही सपोर्ट करेंगे। जब उन्हें मिहिर का स्टैन्ड पता पड़ गया, उन्होंने हमें परेशान करना शुरू कर दिया। जैसे मिहिर की छुट्टी साइन नहीं करना, मिलने पर अपमानित करना।"

राधिका ने देखा, अनन्या के इस तरह खुल कर बात करने से मिहिर थोड़ा असहज हो रहा था। उसने बात का रूख बदलना चाहा और कहा - "दरअसल कॉन्ट्रेक्टर की तरफ से मिली धमकियों की वजह से अनन्या तनाव में है। इसीलिए मैंने उसे कुछ दिनों के लिए अपने माता-पिता के घर जाने के लिया भी कहा, लेकिन वह नहीं जाना चाहती।" अनन्या की आँखों में आँसू आ गए, और भरे गले से वह बोली - "मिहिर को साइट पर से आते हुए अँधेरा हो जाता है, हायवे पर रात को ठेकेदारों के ट्रक चलते है, जब से धमकी भरे फोन आने लगे हैं, मुझे बहुत डर लगा रहता है। मैं मिहिर को अकेले नहीं छोड़ना चाहती, ये हमेशा स्ट्रेस में रहते हैं। कहाँ तो हम प्रमोशन की उम्मीद लगाए बैठे थे, और अब लगता है कि बनगाँव से हम निकल भी पाएँगे या नहीं। मेरी बेटियाँ भी अब छठी और आठवीं में है, उन्हे भी अब शहर ले जाकर पढ़ाना चाहती हूँ। इन दोनों को लेकर मैं अकसर गाँव में खेत

दिखाने ले जाती थी, या हायवे तक घूम आते थे। परंतु अब मिहिर ने हमें अकेले बाहर जाने से बिल्कुल मना कर दिया है। मुझे भी डर लगता है।"

राधिका ने महसूस किया और सोचने लगी वाकई दोनों ने काफी लंबे वक्त तक तनाव झेला है और ऐसी छोटी सी जगह में जहाँ घूमने फिरने या मनोरंजन के लिए कुछ भी नहीं, चौबीसों घंटे उसी वातावरण में रहना मुश्किल है। राधिका ने अनन्या को आश्वस्त किया और बोली -"तुम बिल्कुल भी चिंता मत करो, मजे से यहीं रहो, अकेली नहीं हो। डरों नहीं। धमकियों की तरफ ध्यान नहीं दो। सरकार का इतना बड़ा प्रोजेक्ट है, ऐसे थोड़ी न कोई कुछ भी कर सकता है। जब भी मन भारी हो मुझसे मिलने आ जाया करो। और जहाँ तक केस की बात है, वह भी सुलझ जाएगा।" – कहकर राधिका ने अभिमन्यु की तरफ देखा।

अभिमन्यु ने कहा – "आप चिंता मत कीजिए। ऐसा पहली बार नहीं हुआ है। जब भी इस तरह का भ्रष्टाचार होता है, इसकी लंबी कड़ी होती है, जो दूर तक जाती है। मिहिर का रिकॉर्ड अच्छा है, और इन्क़ायरी करने वाले भी अनुभवी होते है, उन्हें पता होता है कि किसे फँसाया जा रहा है। परंतु सिलसिलेवार कार्यवाही में देर लगेगी। आप निश्चिंत रहिए। आप तो ये सोचिए, अगले एकेडेमिक सेशन में आपके बच्चे बड़े शहर में पढ़ेंगे।"

माहौल अब हल्का हो गया था। मिहिर और अनन्या के चेहरे पर मुस्कान थी। बातचीत के दौरान चाय हो चुकी थी। राधिका ने सभी को, खाने की मेज पर नाश्ते के लिए आने को कहा।

बनगाँव में राधिका और अभिमन्यु की ज़िंदगी अच्छे से चल रही थी। स्कूल में गणित और विज्ञान पढ़ाते हुए वह गाँव के किशोर बच्चों से सामाजिक विषयों पर भी चर्चा करती। स्कूली पुस्तकों के अलावा वह विविध विषयों पर अन्य पुस्तकें पढ़ने के लिए प्रेरित करती।

अपने सामाजिक जीवन में अभिमन्यु और राधिका कभी पिकनिक आयोजित करते या कभी अपने ही घर खाने पर विभिन्न विभाग के

लोगों को न्यौता देते। उनका उद्देश्य हमेशा सभी के साथ अच्छा वक्त गुज़ारना होता था। दोनों इस बात का हमेशा ख्याल रखते कि माहौल दोस्ताना बना रहे। इस तरह के अनौपचारिक सामाजिक मेल-मिलाप, खेल, संगीत, फिल्म और अन्य मनोरंजन के इर्द-गिर्द ही होते थे। राधिका इस बात का हमेशा खयाल रखती कि मिहिर और अनन्या सदैव इसका हिस्सा रहें और वे दोनों भी खुशी-खुशी शरीक होते। दोनों तनाव-रहित नज़र आने लगे थे। भ्रष्टाचार के मामले की पूछताछ की कार्यवाही भी सही दिशा में जा रही थी और धमकी भरे फोन आने भी बंद हो गए थे। देखते-देखते वर्ष बीत गया था।

शिवम का स्वास्थ्य भी बहुत अच्छा हो गया था। उसके चेहरे पर एक चमक, एक आत्मविश्वास आ गया था। अभी भी वह उतना ही मेहनती था, राधिका की मदद से उसने मौसमी फूलों की जानकारी प्राप्त कर ली थी। उसकी मेहनत से बगीचा खिल उठा था। बँगले के पीछे किचन गार्डन में विविध प्रकार की सब्जियां भी लगाई थी।

"प्रोजेक्ट खतम होने में है, राधिका। अब अगले तीन चार महीनों में तबादले की खबर आ सकती है। एक काम और आ गया है। ग्रुप डी के कर्मचारियों की नियुक्ति हेतु जो बोर्ड संगठित हुआ है, उसकी जिम्मेदारी मुझे दे दी गई है। यह बहुत कठिन काम है। अपने आदमी लगवाने के लिए ऊपर से सिफारिशें आनी शुरू हो गई है। मानो भर्ती की परीक्षाओं की कोई मान्यता ही नहीं। यही सरकारी कामों में दिक्कत है। सिर्फ आपके ईमानदार होने से कुछ नहीं होगा, यदि आपके ऊपर भ्रष्ट लोग है, आपका संघर्ष दुगुना हो जाता है। क्योंकि बेईमान बच निकलते है। देखा न तुमने मिहिर का केस।" – अभिमन्यु ने शाम की चाय पर राधिका से कहा।

"जानती हूँ अभि, इतने वर्षों से देख रही हूँ। ईमानदार होना आसान है, परंतु ईमानदारी से काम करना जटिल यदि साथ में काम करने वाले भ्रष्ट हो। ऐसे में ईमानदारी को साबित करना तो और भी मुश्किल। रात को चैन की नींद ही इसका सबसे बड़ा इनाम है।" राधिका ने अभी अपनी बात खतम ही की थी कि शिवम पास आकर खड़ा हो गया।

"क्या बात है, शिवम ?" – राधिका ने पूछा.

"मैडम..... वो आज गेट पर भर्ती का नोटिस लगा था... साहब ही देख रहे है.... तो आप थोड़ा बोल देंगे साहब को तो...." – शिवम रुक-रुक कर बोला।

राधिका और अभिमन्यु अचंभित हो गए, दोनों ने एक दूसरे को पल भर के लिए देखा और दोनों के बीच एक निःशब्द संवाद हुआ, "ये खबर फैल भी गई, वो भी इतनी जल्दी?"

अभिमन्यु ने थोड़ा कड़क होकर पूछा, "पढ़ाई की तुमने?"

"जी ....वो ... कर रहा हूँ।" – शिवम अचकचा गया।

राधिका ने संयत स्वर में कहा, "शिवम, तुम अपनी पढ़ाई पर ध्यान दो, कुछ समझ में ना आए, तो मुझे पूछो, मैं पढ़ा दूँगी।"

"बिल्कुल, बगीचे का काम आधा दिन ही करो, चाहो तो छुट्टी लो। पर पढ़ाई अच्छे से करो। जो परीक्षा में पास होगा, भर्ती उसकी होती है। समझे?" – वाक्य खतम करते-करते अभिमन्यु का स्वर नरम हो गया था.

"जी"- शिवम इतना ही बोल पाया।

"तो जाओ अब, जुट जाओ पढ़ाई में।"- अभिमन्यु ने आदेशात्मक स्वर में कहा।

उस दिन के बाद से राधिका और अभिमन्यु की ज़िंदगी बदलने लगी। तबादले की आशंका के बाद से ही राधिका शिवम के लिए चिंतित थी। वह लगातार सोचती, "इतना अच्छा, मेहनती और ईमानदार लड़का है। इसे कहीं अच्छी जगह काम मिल जाए, या फिर इसकी भर्ती हो जाए तो इसका जीवन सुधर जाएगा। तब तक मैं मिसेज शर्मा को पूछ लेती हूँ, उन्हे भी कुछ दिनों में काम के लिए लड़के की जरूरत पड़ेगी। हमारे जाते से ही, इसके फिर हाल बेहाल न हो जाए।"

इधर शिवम भी हर दूसरे दिन उसके पीछे पड़ जाता। "मैडम, आप बोल देंगे साहब को तो मेरा काम हो जाएगा। आपको तो पता है, ऐसा ही होता है। जो भर्ती परीक्षा का बोर्ड देखते है, उनके यहाँ काम करने वाले लड़कों की भर्ती हो जाती है, परीक्षाओं का कोई मतलब नहीं होता।"

राधिका सकते में आ गई, कल तक सिर्फ खेत-खलिहान में भटकने वाले, डरे-डरे से लड़के में इतनी बातें समझने और बोलने की हिम्मत कहाँ से आ गई? उसे लगा मानो, शिवम को कोई घुट्टी पिला रहा है, और वह वैसा का वैसा यहाँ आकर उगल देता है।

"देखो, तुम पढ़ाई करो। आज बगीचे का काम रहने दो।"– राधिका को कुछ ज्यादा कहने का मन ही नहीं हुआ। उसका मन कसैला-सा हो गया था। वह सोचने लगी कि उसके पति के भ्रष्ट तरीकों से काम न करने के बावजूद, उसे यह क्यों सुनना पड़ा? वह भी शिवम के मुख से? गाँव का एक लड़का अपनी बात से पूरी व्यवस्था पर एक तमाचा जड़ गया। मानो, कह गया 'तुम क्या ईमानदारी की डुगडुगी लेकर घूम रहे हो? मुझे पता है, सच क्या होता है।' राधिका सोचने लग गई उसे इतना बुरा क्यों लग रहा है? उस दिन राधिका को अचानक वहाँ के एडमिनिस्ट्रेटिव हेड माथुरजी की बात याद आ गई। उसने अनमने ढंग से खाना खाया और अभिमन्यु के आने का इंतज़ार करने लगी। शाम को अभिमन्यु के घर आने पर उसने देखा वह खुश दिख रहा था। रसोई में काम करने वाले लड़के गौतम को चाय के लिए बोलकर, अभिमन्यु के कपड़े बदल कर आने तक वह पौधों को पानी देने बाहर बगीचे में आ गई। शाम की धूप में चमकती अनगिनत पानी की बूंदे उसे बहुत सुकून पहुँचा रही थी. उसने सिर उठाकर ऊपर झूमती बोटल ब्रश की टहनियों को देखा, फिर बगीचे के दूसरे हिस्से में महुआ, नीम के पेड़, पीछे जामुन और आम के पेड़ की ओर कुछ इस तरह देखा मानो इन सबसे अब विदा लेने का वक्त आ गया था। फिर उसकी नज़र दो पेड़ों के बीच लटकते झूले पर गई, और उसे अपनी बेटियों की बहुत याद आई। पिछले बार दोनों आई थीं, तब वह झूला देकर गई थीं। "ममा!!

लकी हो, आप और पापा, बिल्कुल वीकएंड गेट-अवे रिज़ॉर्ट की तरह है आपका घर। प्रदूषण से दूर। इसके खूब मजे लीजिए यहाँ बैठकर। यह झूला हमारी तरफ से आपके लिए एनिवर्सरी गिफ्ट।" राधिका पानी का पाइप क्यारी में डालकर झूले पर जाकर बैठ गई। आज वह एक ऐसी थकान महसूस कर रही थी, जो सिर्फ परिवार की नज़दीकियों से ही दूर होती है। फिलहाल तो उसके आसपास के पौधे और वृक्ष ही उसे अपने से लग रहे थे।

अभिमन्यु कपड़े बदल कर बाहर आया, राधिका को झूले पर बैठा देख, अपनी कुर्सी भी झूले के करीब ले ली और चुपचाप बगीचे में चारों ओर देखने लगा मानो वह भी प्रकृति को पूरी तरह से आत्मसात कर लेना चाहता हो। गौतम चाय और बिस्किट की ट्रे रख कर गया। चाय का कप राधिका को थमाकर, अभिमन्यु ने अपना कप उठाते हुए कहा - "आज बहुत रिलैक्स फील कर रहा हूँ। अब ग्रुप 'डी' की भर्ती का बोर्ड मुझे नहीं देखना है। दूसरे अफसर को नियुक्त कर दिया गया है। भ्रष्टाचार से लड़ते-लड़ते थक गया हूँ।" अभिमन्यु ने चाय का घूँट लिया और लंबी श्वास छोड़ी। राधिका ने भी बहुत हल्का महसूस किया। इस वक्त शिवम की बात बताकर उसने अभिमन्यु के प्रसन्न मन को खिन्न करना ठीक नहीं समझा।

कुछ दिन और बीतें। जैसा अपेक्षित था, भर्ती को लेकर शिवम का राधिका के पीछे पड़ना बंद हो गया था। वह पढ़ाई के बारे में पूछती तो वह "कर रहा हूँ" संक्षिप्त उत्तर देकर काम में लग जाता। बाद में उसे गौतम से पता चला, उसने दोपहर को शर्मा साहब के यहाँ बगीचे का काम शुरू कर दिया है, जो अब ग्रुप 'डी' के कर्मचारियों की भर्ती का बोर्ड देखेंगे।

"अरे, तो मुझे बता तो देता, मैं तो स्वयं उसे उनके यहाँ लगवाने वाली थी।"- राधिका को शिवम द्वारा उसे नए काम के बारे में न बताने का बुरा तो बहुत लगा था परंतु उसे काम मिल गया है इस बात की संतुष्टि भी हुई थी। "शायद अपनापन और लगाव एकतरफा ही हो।" यह सोच कर उसने अपने आप को तसल्ली दी और बोली, "सुनो,

गौतम, तुम भी नई जगह काम देखना शुरू कर दो, रसोई के काम में पारंगत हो गए हो, और पक्की नौकरी चाहते हो तो मन लगाकर पढ़ाई करो, भर्ती की परीक्षाओं के लिए।” अचानक उसे अपने ही वाक्य, अपनी भावनाएँ, उन लड़कों के लिए चिंता, सब निरर्थक सा लगने लगा।

“काफी दिन से मिहिर और अनन्या की कोई खबर नहीं। इन दिनों मिलने भी नहीं आए। शर्माजी के यहाँ फ़ंक्शन में दिखे थे थोड़ी देर के लिए, लेकिन बात नहीं हो पाई।” – एक दिन अभिमन्यु के ऑफिस से लौटने पर राधिका ने पूछा।

“मिहिर के नए बॉस अस्थानाजी सपत्नीक आ गए हैं। आस्थानाजी को सेटल होने में सहायता करने में व्यस्त होंगे दोनों।” – अभिमन्यु ने तटस्थता से जवाब दिया।

“स्वाभाविक है। चलो, मिहिर पर भ्रष्टाचार का केस गलत था, यह साबित हो गया, बहुत अच्छा हुआ। अब अनन्या ने भी चैन की साँस ली होगी।” – राधिका ने एक संतुष्टि के साथ कहा।

“हाँ राधिका, मिहिर भ्रष्टाचार के झूठे आरोपों से सम्मानित रूप से बरी हो गया है। यह बहुत अच्छा हुआ। अब उसकी ज़रूरत है, अच्छी जगह तबादला। इसमें हम उसकी मदद नहीं कर सकते।” - अभिमन्यु बोलते हुए राधिका के करीब आकर बैठ गया। वह समझ गया था राधिका क्या महसूस कर रही है और विषय परिवर्तित कर, उसका हाथ अपने हाथ में लेकर बोला, “शिवम के क्या हाल है? पढ़ रहा है?”

“पता नहीं, अभि।” सोच में डूबी हुई राधिका ने गहरी साँस छोड़ते हुए कहा। फिर अभिमन्यु की ओर देखते हुए उसने शिवम के शर्मा जी के यहाँ काम करने के बारे में बताया। “सर्वाइवल इन्सटिंक्ट के तहत वह भी यहाँ से वहाँ भटक रहा है। काश, वह सिस्टम पर भरोसा रख कर, पढ़ाई पर ध्यान दे पाए।”

"राधिका, यहाँ हमारा काम खतम हो चुका है। हम पीछे छूटती पायदान है।" – अभिमन्यु मानो राधिका के साथ स्वयं को भी समझा रहा था।

"हाँ शायद!" – राधिका ने हँसकर अपनी मायूसी छिपानी चाही।

"चले? वापिस शहर?" – अभिमन्यु ने राधिका के सामने अपना हाथ बढ़ाकर पूछा।

"हाँ, चलो।" – राधिका ने मुसकुराते हुए अभिमन्यु का हाथ थामकर कहा।

--:--

रक्षाबंधन

साक्षी अपने ममेरे भाई और उसके परिवार को एयरपोर्ट छोड़ते हुए सीधे वहीं से मॉल पहुँच गई। अट्ठारह वर्ष की उम्र में उच्च शिक्षा के लिए दिल्ली आई थी साक्षी। फिर दिल्ली में ही नौकरी और बाद में विवाह के पश्चात वहीं स्थाई हो गई थी। साक्षी के पति अपने काम के सिलसिले में अकसर दौरे पर रहते थे इसलिए साक्षी घर-बाहर की जिम्मेदारियों को अकेले संभालने में व्यस्त रहती थी। इतनी व्यस्तता के बावजूद स्वयं के लिए वक्त निकालना, स्वयं के लिए जीना उसके लिए बहुत महत्वपूर्ण था। आज भी उसने अपनी गहरी दोस्त रश्मि के साथ फिल्म देखने और रेस्तरां में खाने का कार्यक्रम तय किया था। वह मॉल पहुँची तो देखा रश्मि पहले से ही वहाँ पहुँच गई थी और अपनी कार में बैठी इंतजार कर रही थी। साक्षी को देखते ही उसने अपनी कार चालू की और दोनों एक के पीछे एक अपनी अपनी कार चलाते हुए पार्किंग तल की ओर चल पड़े। सप्ताहांत नहीं था, इसलिए दोनों को सहज ही पार्किंग मिल गई। साक्षी अपनी कार पार्किंग में लगा कर उतर ही रही थी कि पीछे-पीछे अति उत्साही रश्मि ने तेज गति से अपनी कार, उसकी कार के समानांतर लगाते हुए ब्रेक की कर्कश ध्वनि के साथ खड़ी कर दी। सावधानी बरतते हुए साक्षी ने पुन: अपनी कार का दरवाजा बंद किया और अंदर से ही रश्मि को कहा, "धीरे!" रश्मि अपनी ही धुन में मस्त थी। रश्मि ने अपना ऑफिस का लैपटॉप बैग बड़ी जतन से सीट के नीचे छिपाकर रखा फिर गाड़ी से उतर कर लगभग हाँफते हुए बोली, "अरे साक्षी! मैं जल्दी से नहीं लगाती तो वो आगे चल रहा बड़ी गाड़ी का ड्रायवर अपनी गाड़ी लगा देता। भाई साहब ने किटी पार्टी की महिलाओं की गैंग को तो ऊपर पोर्च में छोड़

दिया होगा और अब श्रीमानजी यहाँ आराम से सोएंगें।" रश्मि ने अपनी कार का दरवाजा बंद कर आगे जा रही गाड़ी की ओर इशारा करते हुए कहा तो साक्षी मुस्कुरा दी। इतने वर्षों से दिल्ली को सड़कों पर कार चलाते रहने के बावजूद भी सही पार्किंग लिए तलघर में उतरते चले जाने की कल्पना से ही रश्मि और साक्षी दोनों ही असहज हो जाते थे। शायद इसका कारण भी स्त्रियों का प्राकृतिक रूप से स्वरक्षा का अनुवांशिकीय गुण ही हो जो उन्हे दिन की रोशनी से दूर जाने से रोकता है। दोनों ने अपनी कार के पास वाले खम्बों पर अंकित नंबरों के अपने फोन से फोटो खींच लिए लिए और एक दूसरे को फोन पर पर भेज दिए। दोनों जब स्वचालित सीढ़ियों पर खड़ी हो, ऊपर वाली मंज़िल की ओर जा रहीं थीं, तभी रश्मि ने बहुत उत्साह से कहा, "सुन, भाभी के लिए जो साड़ी ली थी ना, वो फॉल पिको होकर मिल गई है और भैया के लिए ब्रांडेड फिटनेस वॉच ऑनलाइन मँगवा ली है। आजकल भैया अपना वजन कम करने में लगे हुए है।" रश्मि उत्साह में अनवरत बोलती जा रही थी "इस बार राखी के त्यौहार में खूब मजा आने वाला है। कितने दिनों बाद सभी का मिलना-जुलना, खाना-पीना, मजाक-मस्ती होगी। अबकी बार तो और भी मजे आएंगे क्योंकि मेरी मौसी का बेटा भी लंदन से दिल्ली आया हुआ है। चचेरे भाई जो आर्मी में है ना, वो भी फॅमिली पोस्टिंग पर दिल्ली में ही हैं। उनका परिवार भी होगा। खूब मस्ती भरा माहौल होगा।"

"सुनो, उन्हे तो आए एक साल से भी अधिक हो गया ना?" साक्षी ने उससे पूछा। पल भर के लिए रश्मि थोड़ी सी असहज हुई फिर तुरंत बोली, "हाँ, आ तो वो पिछली गर्मियों में ही गए थे, परंतु सामान खोलने और घर लगाने में व्यस्त थे। तुम तो जानती ही हो न, इन आर्मी वालों को। आसान थोड़ी न होती है इनकी ज़िंदगी। पिछली बार राखी नहीं मना पाए थे हमारे साथ। सो इस बार मैंने अपने घर पर ही राखी का गेट टूगेदर रखा है। बच्चों को भी मज़ा आएगा।"

"बिल्कुल, त्यौहार तो बच्चों के लिए ही होते है।" – साक्षी ने कहा। दोनों तब तक ऊपर वाली मंज़िल पर पहुँच चुके थे। भरपूर रोशनी,

सजे हुए शो रूम, और बहुत कम लोग यह देखकर दोनों ने एक राहत की साँस ली। "अच्छा सुनो,"- रश्मि ने पूछा, "वो आर्मी वाले भाई के बच्चे किशोर वय के हैं। दोनों लड़के, क्या गिफ्ट दूँ? लड़कियों के लिए तो बाज़ार में कितनी सारी चीज़ें मिलतीं है, लड़कों के लिए कुछ समझ में नहीं आता। छोटे होते हैं तब तक खिलौने दे सकते है, पर सोलह-सत्रह साल के लड़कों को क्या गिफ्ट दे सकते है?"

"सोलह-सत्रह साल के? रश्मि, क्या वो आएंगे भी? ज़्यादातर इस उम्र में बच्चे रिश्तेदारों या जान-पहचान वालों के यहाँ जाने से कतराते हैं और माता-पिता भी ज्यादा कुछ कह नहीं पाते।"- स्वयं की बेटी के अनुभव से साक्षी बोली, "और सच तो ये है कि एक शहर में होने के बावजूद तुम भाई और उनके परिवार से अभी तक नहीं मिली हो, जबकि फर्स्ट कज़िन्स हो। बच्चों में झिझक तो होगी ही।" - साक्षी ने कॉफी शॉप के सामने रूकते हुए कहा।

"तुम न, सड़ू हो, एकदम रूखी.... कुछ सुझा नहीं कर सकती तो ना सुझाओ पर यूँ मेरे उत्साह पर पानी तो ना फेरो।" – रश्मि ने अधिकारपूर्वक नाराज़गी दिखाते हुए कहा तो साक्षी की हँसी छूट गई। "अरे, नाराज़ ना हो।" वह रश्मि का हाथ पकड़ कर उसे अंदर कॉफी शॉप में ले गई और एक बड़े-से आरामदेह सोफ़े पर बैठा कर, स्वयं उसके सामने वाले सोफ़े पर बैठते हुए बोली, "देखो पता लगा लो, किताबें पढ़ने का शौक हो तो अच्छी किताबें दे सकती हो। यहाँ मॉल में भी बहुत अच्छी बुक शॉप है। नहीं तो कैश गिफ्ट सबसे उपयुक्त है। बच्चों को जो भी चाहिए होगा, वो ले लेंगे।" – साक्षी ने कहा। रश्मि हामी भरते हुए मुस्कुरा दी। कॉफी की खूशबू से ही दोनों की थकान उतर गई थी। कॉलेज में कॉफी और किताबों की वजह से ही उनकी मित्रता घनिष्ठ हुई थी। फिर समय के साथ जिन दो बातों ने उन्हे बाँधे रखा था, वह थी दोनों के रिश्ते में आपसी ईमानदारी और एक दूसरे की परिस्थितियों को समझ पाने की क्षमता। बिना किसी मुखौटे के यह रिश्ता लगभग पच्चीस सालों से बखूबी निभ रहा था।

रश्मि का जन्म दिल्ली में ही हुआ था और वो वहीं पली-बढ़ी थी। वह पढ़ाई में अव्वल थी, परंतु बहुत भावुक भी थी और बहुत जल्दी सब से दिल लगा बैठती थी। उसकी इतने वर्षों की नौकरी के अनुभव ने भी उसका यह स्वभाव नहीं बदला था। जबकि साक्षी एक दूसरे शहर से दिल्ली आई थी। उसके माता-पिता शिक्षा को बहुत महत्व देते थे, इसलिए उन्होंने उसे उच्च शिक्षा के लिए दिल्ली विश्वविद्यालय के कॉलेज में भेजा था। जहाँ उसने समाज-शास्त्र और अर्थ-शास्त्र में डिग्री हासिल की थी। साक्षी अपने छात्र जीवन में वाद-विवाद और भाषण प्रतियोगिताओं में भी खूब बढ़-चढ़ कर हिस्सा लिया करती थी। बाद में साक्षी ने दिल्ली के एक दैनिक अखबार में नौकरी की जहाँ वह संपादकीय कामकाज के अलावा विविध विषयों पर भी लिखती रहती थी। कुछ वर्षों की नियमित नौकरी के बाद उसने स्वतंत्र लेखिका के रूप में अखबारों और पत्रिकाओं में लिखना शुरू कर दिया। साक्षी लोगों के अच्छे-बुरे व्यवहार से प्रभावित नहीं होती थी क्योंकि वह स्वयं स्पष्टवक्ता और व्यवहारिक व्यक्ति थी। उसका मानना था कि लोगों का आपके प्रति व्यवहार आपको सही निर्णय लेने में मदद करता है। रश्मि उसकी विचार शैली से बहुत प्रभावित थी। हालाँकि वह स्वयं भावुक और अति संवेदनशील थी। इसके के बावजूद समय के साथ उन दोनों की दोस्ती गहरी होती गई। साक्षी कहती, "रश्मि, तुम बहुत पारदर्शी हो और कहीं न कहीं मेरी माँ जैसी हो। सभी से बहुत स्नेह करने वाली।"

कॉफी पर दोनों ने अपने काम, किताबें, बच्चे, परिवार, घूमने की नई जगहों आदि पर भरपूर चर्चा की फिर फिल्म देखी। मनपसंद खाना खाया फिर पार्किंग की ओर लौटते हुए साक्षी ने रश्मि से कहा, "तुमने आज से काम से छुट्टी ली है न तीन-चार दिन की? तो भरपूर मजे करो और हाँ अपनी नींद भी पूरी करना।" सुनकर रश्मि हँस पड़ी और बोली –"हाँ, नींद तो कई महीनों की पूरी करनी है। चलो, फिर मिलेंगे, जल्द ही।" और तृप्त मन से दोनों सहेलियों ने अपनी-अपनी कार में बैठकर एक दूसरे से विदा ली।

"रक्षाबंधन के त्यौहार में अभी दो सप्ताह बाकी है पर बाज़ार, अखबार, टीवी, सोशल मीडिया आदि सभी जगह राखी का त्यौहार शुरू हो चुका है। सारी उत्पादन कंपनियां अपने विज्ञापनों के ज़रिए त्यौहारों को कुछ ऐसे भुनातीं है, मानो इन्होंने याद नहीं दिलाया तो रक्षाबंधन क्या, कोई भी त्यौहार नहीं मनाया जाएगा। और नहीं मनाया तो शायद इन्हें सबसे ज्यादा बुरा लगेगा। ऐसा लगता है, हम सामान बेचने वालों के लिए त्यौहार मना रहे है....." घर लौटते वक्त साक्षी के विचारों की शृंखला जारी थी। बारिश की वजह से ट्रैफिक भी मंद गति से चल रहा था। पिछले कुछ दिन उसके बहुत व्यस्त रहे थे। घर पर रिश्तेदारों के आने का तांता लगा हुआ था। पहले मौसेरा भाई अपने माता-पिता को हरिद्वार-ऋषिकेश की यात्रा पर ले जाने के लिए दो दिन ठहरा था। फिर ननद अपनी बेटी को लेकर आई थी, जिसे गुड़गाँव में नई नौकरी लगी थी। और आज ही उसका ममेरा भाई और परिवार वापिस गए थे। साक्षी अपने पति सचिन के साथ मिलकर मेहमानों की जिम्मेदारियाँ बाँट लेती थी। इस बार तो सचिन के दौरे पर होने की वजह से सारी जिम्मेदारियाँ अकेले साक्षी ने ही संभाली थी, लेकिन वह इसकी आदी थी। घर पहुँचते-पहुँचते बारिश तेज हो गई थी। बेटी सोनिया के हाथ की अदरक की गरम चाय पीते से ही उसकी थकान दूर हो गई थी। सोनिया इंजीनियरिंग के अंतिम वर्ष में थी। वह प्रोजेक्ट और साथ ही साथ उच्च शिक्षा की प्रवेश परीक्षाओं की तैयारी कर रही थी। "माँ, आज तो मुझे भी बहुत काम है, आप भी थके हो, मैं डिनर के लिए पिज़्ज़ा ऑर्डर कर देती हूँ।" यह सुनकर साक्षी भी खुश हो गई। "बेटी कह रही है तो परहेज़ क्यों करूँ?" मन-ही-मन हँसते हुए उसने सोचा और फिर बोली "बढ़िया! लेकिन मुझे भूख नहीं है। तुम अपने लिए मँगवा लो।"

"हाँ, आज तो आपकी रश्मि आंटी के साथ लंच और मूवी डेट थी ना? आपने क्या खाया? वही छोले-भट्टूरे या फिर सदाबहार सांभर-डोसा?" – सोनिया ने मसखरी करते हुए पूछा। "चल, हट...." साक्षी ने स्नेह से अपनी बेटी को झिड़का। "हम भी जानते हैं अलग-अलग खाने

के मज़े लेना। एक नया बिस्त्रो खुला है, वहीं इटालियन पास्ता खाया, बेसिल पेस्टो वाला.... और हाँ, तुम्हारे लिए चीज़ केक लाई हूँ, फ्रिज में रख दिया है, खा लेना।" - हँसते हुए साक्षी बोली। थोड़ी देर माँ-बेटी ने बातें की फिर साक्षी नहाने चली गईं। नहा कर, साक्षी ने अपने लिए फिर चाय बनाई और अपने कमरे में ही चाय का कप लेकर बैठ गई। उसने अपने पर्स में से दो राखियाँ निकाली, एक अपनी बेटी सोनिया के लिए और दूसरी अपनी छोटी बहन अनघा के लिए। अनघा और साक्षी दोनों हर वर्ष एक दूसरे को राखी भेजतीं। यह परंपरा भी साक्षी ने ही शुरू की थी। राखी की ओर देखते हुए वह बचपन की यादों में खो गई।

बचपन से साक्षी और उसकी छोटी बहन अनघा दोनों का कला के प्रति रुझान था। नृत्य, चित्रकारी, गायन, नाटक सभी में उनकी कुछ न कुछ गतिविधियाँ चलती रहती थी। प्रदेश के बड़े शहर में रहने से आसपास के छोटे शहरों से रिश्तेदारों का आना-जाना लगा रहता था और दोनों बहनों ने अपने माता-पिता को बुजुर्गों से लेकर युवा और बच्चें, सभी की प्रेम से आवभगत करते हुए देखा था। उनके पिता डॉक्टर थे, जिनके छोटे से क्लिनिक में दिन भर मरीजों का ताँता लगा रहता। गरीब मरीजों का वे निःशुल्क उपचार करते। साथ ही साथ मेहमानों को स्टेशन से लाना ले जाना, बाज़ार घुमाना, तोहफ़ें देना, माँ द्वारा उनकी पसंद का खाना बनाना, यह सब चलता रहता। इन सब में ही अपने माँ-पिता को खुश होते देख साक्षी और अनघा में भी वही गुण प्राकृतिक रूप से आ गए थे।

"देख अनघा, मैंने लिस्ट बनाई है, अपने सारे कज़िन्स के बर्थडे की। हर महीने में हम ग्रीटिंग कार्ड बना कर उन्हे भेज सकते हैं।" – साक्षी अपनी छोटी-सी डायरी में लिखते हुए कहती।

"हाँ दी!!" – अनघा भी खुशी-खुशी अपनी बड़ी बहन के साथ चित्रकारी करने बैठ जाती। फिर साक्षी जतन से उन्हे लिफ़ाफ़े में डालती, पता लिखती, टिकीट चिपकाती और दोनों पैदल जाकर पोस्ट कर आते। हर त्यौहार पर सुंदर ग्रीटिंग कार्ड बनकर तैयार होते और

पोस्ट किए जाते। जब साक्षी ने स्कूल में राखी बनाना सीखा, तो बहुत खुश हो गई थी।

"अनघा, इस बार से अब हम घर पर राखी बनाएंगे, मुझे सब के फेवरेट रंग भी पता है। माँ से पैसे लेकर शाम को रेशम की लच्छियाँ ले आएँगे, फिर चूड़ी पर लपेट कर, कैसे राखी बनाते है, तुझे भी सिखा दूँगी। दोनों मिल कर बनाएंगे।" अनघा तुरंत तैयार हो जाती। फिर साक्षी अपने भाइयों के नामों की सूची बनाती। जिसमें चचेरे, मौसेरे, ममेरे भाइयों के, बुआ के बेटों के नाम होते। राखियाँ बनाने के बाद, साक्षी और अनघा साथ बैठकर सभी को चिट्ठियाँ लिखतीं, कुमकुम रोली की पुड़िया बनाती, लिफ़ाफ़ों में जतन से रखती, फिर उस पर सजावट के साथ "राखी" शब्द लिखतीं। साक्षी कहती, "अनघा, आधे लिफ़ाफ़ों पर तू टिकीट चिपका, आधे पर मैं चिपका देती हूँ।" काम का न्यायसंगत बँटवारा और सलीके से काम करने के गुणों को देखकर, दोनों के माता-पिता बहुत खुश होते। सोचते, "साक्षी कभी किसी के साथ गलत नहीं होने देगी।" साक्षी और अनघा के किशोर वय में आते-आते उनके पिता ने सभी सुविधाओं के साथ एक छोटा-सा अस्पताल बनवा लिया था। शहर में उनका अच्छा नाम हो गया था। अब तो रिश्तेदार भी अपना इलाज करवाने पहुँच जाते और अकसर फीस भी नहीं देते। लेकिन साक्षी के माता-पिता इस बात को नज़रअंदाज़ कर देते। आर्थिक समृद्धि बढ़ते रहने के बावजूद उन्होंने अपनी जीवन शैली और व्यवहार में कोई परिवर्तन नहीं किया था। साल गुज़रते गए, पत्रों के साथ राखियाँ भेजी जाती रही, जिनके उत्तर अधिकतर नहीं आते। परोक्ष रूप से सभी भाइयों के मिलने पर साक्षी और अनघा राखी भी बाँधते, तोहफ़ें भी देते। जाने-अनजाने में दोनों ने अपनी माता-पिता का स्नेहिल, और सबसे अपनेपन के साथ सहज जुड़ाव और सहायता करने का स्वभाव विरासत में प्राप्त किया था। परंतु युवा होती साक्षी ने घटनाओं को अपने दृष्टिकोण से देखना सीख लिया था और अपने अनुभवों के आधार पर संवेदनशीलता से स्वयं को दूर रखा था। समय गुज़रता गया। साक्षी आगे पढ़ने दिल्ली चली गई थी और अनघा ने

मेडिकल कॉलेज में प्रवेश प्राप्त कर लिया था। उनके माता-पिता के यहाँ रिश्तेदारों का आना-जाना भी बहुत कम हो गया था, क्योंकि रिश्तेदारों के बच्चे अब अच्छे से स्थापित हो गए थे और वे स्वाभाविक रूप से उनमें व्यस्त हो गए थे। वर्षों गुज़र जाते। नई पीढ़ी से न किसी के फोन आते न कोई किसी के हालचाल जानना या पूछना चाहता। बस सोशल मीडिया से पता चलता रहता सब ठीक है। धीरे-धीरे साक्षी ने राखी भेजना भी बंद कर दिया, लेकिन जब भी वह रिश्ते के भाइयों से मिलती, दिल खोल कर मिलती। उसकी राखी सिर्फ एक पते पर जाती, जहाँ से उसके लिए भी प्रति वर्ष राखी आती थी और वह था, अनघा का घर। बचपन से दोनों एक दूसरे को राखी बाँधते थे, यह भी साक्षी ने ही सोचा था, "रक्षा तो हम भी एक दूसरे की कर सकते है, इसके लिए भाई की क्या जरूरत है?" बारह वर्ष की आयु में साक्षी के मुख से ऐसी बात सुनकर तब उसकी माँ भी हैरान हो गई थी और कहीं न कहीं उन्हे अच्छा भी लगा था। "ठीक ही तो है, रिश्तों में भी आत्मनिर्भरता और आत्म-सम्मान होना चाहिए।" साक्षी बचपन से देखती आ रही थी कि उसकी माँ अपने दोनों भाइयों को और चार दूर के रिश्ते के भाइयों को हर साल राखी भेजती चली आ रही थी। उनके किसी भी भाई का राखी मिलने पर कभी कोई जवाब नहीं आता था, माँ को बुरा भी नहीं लगता था। "कितनी ही बार परंपराएँ हावी हो जाती है, क्योंकि हमें कुछ और पता नहीं है। अधिकतर लोग उसे बस यूँ ही निभाएँ जा रहे होते है। शायद उससे कुछ अच्छा ही होता हो।" – साक्षी की माँ ने उसे एक बार कहा था। जब साक्षी ने उनसे एक तरफा संबंध निभाते चले जाने का औचित्य पूछा था। "माँ, राखी प्रतीक होती है, संबंधों की, भावनाओं की। न संबंध है, न भावनाएँ हैं, फिर प्रतीक को इतना महत्व क्यों? रिश्ते निभाने के लिए आपसी संवाद होना चाहिए, जुड़ाव होना चाहिए। इससे तो अच्छा आप पड़ोस की आँटी को बाँधिए राखी। आप दोनों एक दूसरे के कितने काम आती है, सेलिब्रेट कीजिए आपसी जुड़ाव, प्रेम और सम्मान !"

"ऐसे नहीं होता है बेटा। जहाँ जुड़ाव है, वहाँ कुछ साबित करने की आवश्यकता है ही नहीं। वह व्यवहार में झलकता है और मजबूती से दिल में बैठ जाता है।" – माँ ने उसे समझाया था।

जिस वर्ष साक्षी ने पहली बार रिश्ते के भाइयों के घर राखी नही भेजी थी, उसी वर्ष वह अपने पति सचिन और बेटी सोनिया के साथ दिवाली मनाने अपने माता-पिता के घर गई थी। अनघा का परिवार तो उसी शहर में था। काफी समय के बाद सब लोग दिवाली साथ मना रहे थे। एक दिन साक्षी और अनघा दोनों ने अपने बच्चों को पतियों के हवाले कर दिया और उन्हे बाहर घुमाकर और उनके पसंदीदा खाना खिलाकर ही घर आने को कह दोनों बहनें शाम के झुटपुटे में छत पर आकर बैठ गई और बचपन की यादों से लेकर अभी तक के जीवन की बातों में मशगूल हो गईं। उनकी बातों का सिलसिला तब टूटा जब उन्होंने देखा कि, उनके पिता ट्रे में चार कप कॉफी लेकर छत पर आ गए हैं, "हमारे दामादों और नवासों को क्यों बाहर भेज दिया? सब साथ बैठ कर कॉफी पीते। अब कल तुम जा भी रही हो।"- साक्षी के पिता ने उसे ट्रे थमाते हुए पूछा। "कोई बात नहीं, पापा। रात को खाने के बाद उनके साथ फिर से कॉफी पी लेंगे अभी हम बेटियों के साथ वक्त गुज़ार लीजिए।"– साक्षी ने मुसकुराते हुए अपने पिता के हाथ से ट्रे लेते हुए कहा। उतने में उनकी माँ भी छत पर आ गई। अनघा और साक्षी ने तुरंत छत पर बने छोटे से चबूतरे के आसपास कुर्सियाँ लगा दी। कॉफी और गपशप का माहौल साक्षी और अनघा के लिए एक सुकून भरा दौर होता था। ऐसा रोज़ तो नहीं, फिर भी महीने में दो या तीन बार कभी कैरम या ताश खेलते हुए ऐसा माहौल बन जाता था।

"साक्षी, आजकल तुम्हारी पीढ़ी राखी क्यों नहीं मनाती?"– साक्षी की माँ ने पूछा। पिता ने माँ की बात आगे बढ़ाते हुए पूछा -"ऐसे में तो आपसी संबंध बचेंगे ही नहीं। तुम्हें ऐसा नहीं लगता?"

अचानक ऐसे प्रश्नों को सुनकर साक्षी की हँसी छूट गई, फिर भी उसने संयत होकर पूछा- "आपको ऐसा क्यों लगता है पापा? और माँ, आपको राखी के बारे में कैसे पता चला?"

"बेटा, तुम्हारी मौसी और बुआ दोनों के फोन आए थे। तुम्हारे राखी ना भेजने से उन्हे बहुत अजीब लगा था। लेकिन न उनके बच्चों को बुरा लगा न तुम्हें कुछ लग रहा है। हमें तो कुछ समझ ही में नहीं आती तुम्हारी पीढ़ी की बातें।" – माँ ने जवाब दिया।

साक्षी ने अपना कॉफी का कप चबूतरे पर रखा और अपनी माँ से बोली, "माँ, अच्छा ही है न? देखो किसी को भी बुरा नहीं लग रहा।" फिर वह अपने पिता की ओर मुखातिब होकर बोली, "पापा, आपसी संबंध तो वहीं बने रहते हैं न, जहाँ रिश्ते दोनों तरफ से निभते है। यह भावना स्वयंस्फूर्त होनी चाहिए। न किसी के कहने से, न परंपराओं से। जहाँ तक राखी का प्रश्न है, मेरे लिए राखी एक प्रतीकात्मक वस्तु है भावनाओं की उपस्थिति को दर्शाने के लिए। मुझे लगता है कि हो ये रहा है कि ना भावना है, ना जुड़ाव। परंतु प्रतीकों का ही महत्व रह गया है। जहाँ जुड़ाव है, वहाँ है। वे रिश्ते किसी प्रतीक के मोहताज नहीं। जहाँ जुड़ाव है ही नहीं, वहाँ क्यों अकारण ही अपनी उपस्थिति दर्ज कराई जाए? है ना? मुझे त्यौहार मनाने में कोई आपत्ति नहीं है। परंतु स्वयं को झुठलाते हुए इसे मनाना अजीब सा लगता है। और आजकल तो पापा, त्यौहार सिर्फ एक भौतिकवाद का मेला सा हो गया है।"

"हाँ भौतिकवाद तो व्याप्त हो गया है सभी जगह। रिश्ते भी अछूते नहीं रहे। यह बात तो तुम्हारी एकदम सही है।" – उसके पिता ने सहमति जताई। चूँकि एक ही शहर में होने से अनघा अपने पिता के साथ अब उनका अस्पताल देख रही थी, इसलिए माँ के साथ-साथ उसकी भी राखी रिश्ते के भाइयों के पास पहुँच ही जाती थी। माँ ने ये जिम्मेदारी उठा ली थी। स्वयं अनघा को नहीं पता होता था कि उसके नाम की राखी किस किस को जा रही है।

अनघा हँसते हुए बोली - "माँ अपनी तरफ से मुझे तो पॉलिटिकली करेक्ट रख रही है।" साक्षी मुस्कुरा दी। वह जानती थी, उसकी माँ की पीढ़ी अलग है। यह वह पीढ़ी है, जो एकतरफा, प्रेम, कर्तव्य निभाती चली जाती है। उन्हे क्या पता, या शायद पता भी हो कि जीवन शैली अब स्वकेंद्रित हो गई है। शायद पहले भी लोग स्वकेंद्रित होते होंगे, पर

उस समय संसाधन कम थे या शायद लोगों के पास ज़रिए नहीं थे, इसलिए शायद आपस में जुड़े रहना एक ज़रूरत थी। साक्षी के मन में विचारों का मंथन चालू था। "माँ, पापा आप जैसे बड़े दिल वाले, स्वयं के पहले दूसरों के बारे में सोचने वाले इंसान अब भगवान नहीं बनाते।" – साक्षी ने प्रत्यक्ष में अपने माता-पिता से कहा और अनघा ने हमेशा की तरह अपनी बड़ी बहन का समर्थन किया था।

"माँ मेरा पिज़्ज़ा आ गया, आप लोगे?" – सोनिया की आवाज से साक्षी के विचारों की तंद्रा टूटी. "नहीं बेटा, तुम खाओ, मैं आती हूँ साथ बैठने के लिए।" कहते हुए उसने अपने बालों को समेट कर बाँधने के लिए, क्लिप निकालने के लिए बिस्तर के पास रखी छोटी सी मेज का दराज़ खोला। उसकी निगाह एक अकेली पड़ी चूड़ी पर गई, "यह एक चूड़ी अकेली यहाँ क्या कर रही है?" उसने सोचा और फिर वहीं रहने दिया। लेकिन उस चूड़ी का वहाँ यूँ दिखना उसके दिमाग में कौंधता रहा।

रक्षाबंधन पर उसने अपनी बेटी को राखी बाँधी और कहा, "बेटा खूब प्रगति करो और खुश रहो।" महीने भर तक साक्षी और रश्मि अपने-अपने काम में बहुत मसरूफ़ रहे। इस बीच बस फोन पर बातचीत हो जाती वह भी संदेशों के ज़रिए। दिल्ली के प्रसिद्ध नाट्यघर में मुंबई के जाने-माने थिएटर कलाकारों के नाटक का मंचन चल रहा था। साक्षी और रश्मि ने वह देखने जाने का तय किया और दोनों मंचन के दो घंटे पहले ही पहुँच गई, क्योंकि कॉफी के साथ ढेर सारी बातें जो करनी थीं। दिल्ली की उमस अपनी चरम सीमा पर थी। दोनों नाट्यघर के कॅफे में जाकर बैठ गईं। साक्षी ने पूछा, "कैसा रहा राखी का गेट टूगेदर?"

"बस ठीक-सा ही था, आधे लोग तो आए ही नहीं। जो आए थे, वो आकर भी मन से वहाँ नहीं से थे। सभी को कहीं न कहीं जाना था। सब ने जल्दी-जल्दी खाना खाया, तोहफों का लेन-देन निपटाया और चल दिए। सब कुछ जबरदस्ती का थोपा हुआ सा महसूस हो रहा था। मैंने हर एक की पसंद के हिसाब से खाना बनाया था। मेरी बेटियाँ तो राखी

पकड़े पूछे जा रही थी, 'और भी दो भैया आने वाले थे ना?' तुम सही थीं। दोनों टीनएज बच्चे नहीं आए। बहुत ही अजीब सा हो गया था। राखी तो बँध नहीं रही, तोहफों की अदला-बदली का मेला हो कर रह गया रक्षाबंधन। मुझे लगा था, ढेर सारी बातें होंगी, हम बचपन के किस्से सुनाएँगे। अगली पीढ़ी एक दूसरे को जानेगी। संबंध बढ़ेंगे पर ऐसा कुछ नहीं हुआ।"- रश्मि उत्तर देते हुए रूआँसी सी हो गई थी। साक्षी समझ गई, बदलता और स्वार्थपरक दौर रश्मि के घर भी पहुँच गया था या रश्मि को शायद अब एहसास हुआ था। उस दिन नाटक देखने के बाद शाम को घर लौटते वक्त साक्षी ने कुछ रेशम की लच्छियाँ खरीदीं और पर्स में रख लीं। रात को खाने के बाद, उसने बिस्तर के पास रखी छोटी मेज की दराज में रखी हुई चूड़ी निकाली और पर्स में से रेशम की लच्छियाँ निकाल कर बिस्तर पर फैला दी। उनमें से पीले रंग की रेशम की लच्छी उठाई और एक सिरे से उसे चूड़ी के आरपार लपेटना शुरू किया, तो उसके पति सचिन ने हैरानी से पूछा, "यह क्या कर रही हो?"

"कुछ नहीं, थोड़ा-सा बचपन जी रही हूँ। थोड़ी नई परिभाषाएँ बुन रही हूँ। रश्मि है न, उसे राखी की अनंत संभावनाओ से परिचित कराना चाहती हूँ।" – साक्षी ने मुसकुराते हुए जवाब दिया और चूड़ी पर से लिपटी रेशम उतारी, बीच में गाँठ बांधकर उसे गोल आकार दिया और पीछे की ओर एक डोर चिपका कर अपने बैग में डाल दी. कल उसे रश्मि को बाँधनी थी। पीला रंग रश्मि का पसंदीदा रंग था। सबकी पसंद जान लेने की साक्षी की बचपन की आदत जो बरकरार थी।

---:---

चित्रकार

दिल्ली में सांस्कृतिक और साहित्यिक गतिविधियों के लिए निर्मित "इंडिया कल्चरल सेंटर" की भव्य इमारत में स्थित विशाल कला वीथिका के बाहर पलाश की चित्र-प्रदर्शनी की जानकारी देता हुआ बोर्ड लगा था। कला वीथिका के बड़े से हॉल में प्रवेश करते ही, एक ओर की दीवार में बने काँच के ऊँचे दरवाजों पर बारिश की बूँदें, वीथिका में बज रही विवाल्डी की धुनों पर मानो लय और ताल मिला कर बह रही थी। सुबह से लगभग लगातार हो रही बारिश से मौसम में एक ठंडक सी आ गई थी। तेज हवा से वीथिका के बाहर घने वृक्ष भी झूम रहे थे। घने बादलों से दिन में ही नील स्याह अँधेरा हो गया था जो दिल्ली के उमस भरे मौसम में भी ठंडे गीले यूरोप के मौसम का आभास दे रहा था। वह यूरोप, जहाँ जाकर पलाश उसके आदर्श रहे साल्वाडोर डाली, पिकासो, वान गो, पियर अगस्त रेनवॉ के काम देखना चाहता था। वह उन शहरों को जीना चाहता था, आत्मसात कर लेना चाहता था जहाँ पर इन कलाकारों ने अपने अच्छे और बुरे वक्त में भी लगातार सृजन किया। पेरिस का मोंमात्र तो उसे अनुभव करना ही था, जहाँ पिकासो बीसवीं सदी की शुरुआत में रहे थे। वहाँ का प्लेस दु तर्त चौक, जहाँ आज भी कलाकार बैठ कर चित्रकारी करते है, उसे जीवंत अनुभव लेना था।

पलाश की चित्रकारी की शैली भी उसके चित्रों को देखने वाले को उनमें छुपी कहानी ढूँढने को मजबूर करती थी, और यही बात फ्रांस के दूतावास से आए हुए मेहमानों को पसंद आ गई थी। उन्होंने पलाश से उसकी प्रत्येक कलाकृति की गहराई से चर्चा की थी और कुछ चित्रों पर लिखे उसके काव्य का अर्थ भी जानना चाहा था। पलाश को सब

कुछ एक स्वप्न जैसा ही लग रहा था। एक अरसा हो गया था कला के कदरदानों से मिले हुए। लंबी-चौड़ी कला वीथिका में दोनों हथेलियो को जोड़ उन्हे होंठों से चिपकाए वह अभी भी हतप्रभ-सा खड़ा एकटक लंबे-चौड़े काँच के प्रवेश द्वार को घूरे जा रहा था। जहाँ से कुछ क्षणों पहले ही फ्रेंच मेहमानों ने प्रस्थान किया था। थोड़ी देर पहले जो कुछ हुआ, उस पर उसे अभी भी विश्वास नही हो रहा था। उसने अपने लंबे घुँघराले बालों पर हाथ फेरे, फिर अविश्वास में सिर हिलाते हुए, अपनी पतलून की जेबों में हाथ डालकर, चहल-कदमी करने लगा। वीथिका की रोशनी में दीप्त, दोनों दीवारों पर सजी अपनी कलाकृतियों को पुन: निहारते हुए उसने अपनी सफेद लिनन की शर्ट की जेब में से चेक निकाला। फ्रेंच मेहमानों द्वारा दिया गया चेक पलाश ने ध्यानपूर्वक देखा। उस चेक पर पलाश के चित्रों के भुगतान की अग्रिम राशि की रकम लिखी हुई थी। चित्रों की डिलीवरी वाले दिन बाकि राशि का भुगतान होना तय हुआ था। यह पहली बार हुआ था जब पलाश को अपने कैनवास भेजने की जिम्मेदारी नहीं उठानी थी। बस अपनी एकल प्रदर्शनी समाप्त होते ही, उन्हे सावधानी से पैक करना था। दूतावास से फ्रेंच मेहमानों ने पलाश की कलाकृतियों को वीथिका से ले जाने की व्यवस्था करवा ली थी।

यह कला वीथिका राजधानी की जानी-मानी कला वीथिकाओं में से एक थी। हालाँकि पलाश ने यहाँ पहले भी कई बार अपने चित्र प्रदर्शित किए थे, परंतु अधिकांशत: अन्य कलाकारों के साथ। एकल प्रदर्शनी करना आर्थिक रूप से उसके लिए कठिन था। पिछला पूरा दशक पलाश के लिए बहुत संघर्ष भरा रहा, वह उनसे जूझ ही रहा था कि कोविड की महामारी ने लोगों का सामान्य जीवन भी अस्त-व्यस्त कर दिया था। संघर्ष के चलते, पलाश के चेहरे पर उम्र झलकने लगी थी, परंतु कँधों तक झूलते घुँघराले बालों में हल्की सी सफेदी और आँखों के आसपास महीन लकीरों ने उसे और भी आकर्षक बना दिया था। छह फुट से भी थोड़ा ऊँचा कद, चौड़े कंधे, गौर वर्ण, हल्की हरी आँखें, पैनी नाक और होंठों पर सदैव स्मित मुस्कान लिए हुए सौम्य चेहरा

उसके प्रभावशाली व्यक्तित्व को मित्रवत् आभा देता था। मितभाषी और शांत पलाश को अकसर उसके रिश्तेदार चिढ़ाते, "तुम कैसे पंजाबी हो? तुम कमरे में हो या नहीं पता ही नहीं चलता!" पलाश मुस्कुरा देता। उसका जुड़वा भाई पर्व बिल्कुल उसके विपरीत स्वभाव का था। जिसके लिए सभी कहते, "ये है हमारी दिल्ली का मुंडा!" और पलाश भी सहमत होता। पलाश की पसंद भी सबसे अलग थी। उसे हल्के रंग, अधिकतर सफेद, धूसर और नीले रंग अच्छे लगते थे। उसे किताबें पढ़ने का शौक था। बचपन में अपनी कॉपियों में चित्रकारी करता रहता। उसे हर वर्ष माँ और अपने जुड़वा भाई पर्व के साथ जम्मू में अपने ननिहाल जाना अच्छा लगता, जहाँ वह अपने नाना के साथ श्रीनगर जरूर हो आता। छोटी-सी उम्र में वह माँ को पूछता, "क्या हम वहाँ हाउस बोट पर नहीं रह सकते?" माँ हँस कर जवाब देती- "बेटा, जब एक बड़ी सी हाउस बोट पर स्कूल भी खुल जाएगा न, तब हम भी वहीं रहेंगे।" पलाश खुश हो जाता। किशोर वय में आते-आते पलाश का यह प्रश्न तो छूट गया था, परंतु कश्मीर के रंग अब उसके कागजों पर बहने लग गए थे। अपनी याददाश्त से वह कभी केसर के बैंगनी फूलों की कतारे, कभी सेब के बागबान में शबनम में डूबे सेब, कभी शिकारे पर बना पोस्ट ऑफिस या फिरहन पहनी मनुष्य आकृतियाँ बनाता। कभी नीले, सफेद, स्याह रंग के पहाड़ चित्रित करता। उसके माता पिता को हैरानी होती जब वह अपने चित्रों को रंग से भरता और अचानक वह रंग पार्श्वभूमि में मिल जाते और तस्वीर एक अनोखा रूप ले लेती। उसके पिता उसकी ड्रॉइंग बुक को पकड़ कर निहारते और ठेठ पंजाबी अंदाज में पूछते "ओय, पलाश, तू पूरी क्यों नहीं बनाता कोई भी पेंटिंग?" पलाश जवाब देता "पापा, ये पूरी ही तो बनी है।" और उसके पिता उसके घुँघराले बालों में अपनी ऊँगलियाँ घूमा कर प्यार से एक थपकी देते और हँस पड़ते।

कौन जान सकता था कि पलाश में चित्रकारी के अमूर्त और प्रभाववाद विधा के बीज अंकुरित हो चुके थे।

कद-काठी में पलाश और पर्व दोनों अपने पिता जैसे थे और उनके नैन नक्श माँ जैसे थे लेकिन स्वभाव में पलाश बिल्कुल ही निराला था। वह शांत सा अपने आप में खोया रहता, घंटों किताबें पढ़ता, चित्रकारी करता या फिर कुछ न कुछ लिखते रहता। किशोर वय में आते-आते विभिन्न देशो के संगीत में भी उसकी रुचि जागृत हो गई थी, जो शायद कनाडा से आए उसके ताऊजी की वजह से हुई थी। उन्हे संगीत में रुचि थी और जानकारी भी। वे जब भी आते, अक्सर पलाश से जाज़ संगीत के इतिहास की चर्चा करते, और जाते हुए उसे उपहार में रिकॉर्ड देकर जाते, जिसे वह अपने दोस्त के घर ले जाकर सुनता जिसके पास रिकॉर्ड प्लेयर था। एक बात जो उसके ताऊजी कनाडा वापिस जाने के पहले बोल गए थे, उसके मानस पर अंकित हो गई थी। "पलाश बेटा, तुम्हें जिस भी विषय में रुचि हो, उसका इतिहास ज़रूर जानने की कोशिश करो, सिर्फ अपने देश का ही नहीं तो विदेशों में भी उस विषय का क्या इतिहास रहा है, अभी उस पर क्या काम हो रहा है, वह जानने की कोशिश करो और ध्यान रखना, यह सब स्कूली किताबों के बाहर मिलेगा।"

पलाश स्कूली शिक्षा में साधारण ही रहा था। अंग्रेजी और हिन्दी भाषा में ज़रूर बहुत अच्छे अंक आते। उसके परिवार में अधिकतर व्यवसायी थे। पढ़ाई-लिखाई पर कोई रोक नहीं थी, परंतु प्रत्येक पीढ़ी पढ़-लिख कर व्यवसाय में ही जुट जाती। पलाश और उसके भाई पर्व दोनों को दसवीं के बाद विज्ञान विषय लेने को कहा गया था, परंतु बारहवी के बाद कॉलेज में पर्व ने कॉमर्स और पलाश ने फाइन आर्ट्स में आगे की पढ़ाई करने का निर्णय लिया। तब उनके पिता, जो दोनो के नाम अपने ही तरीके से उच्चारित करते थे, बोले - "परब का कॉमर्स तो ठीक है, पर प्लाश, पेंटिंग सीखने क्या कभी कोई कॉलेज जाता है? ये काम तो ऐसे ही आता है तुम्हें, और फिर क्या करोगे? फिल्मों के पोस्टर बनाओगे? चलो इंजीनियरिंग ना करो पर बिजनेस मेनेजमेंट ही पढ़ लो, या फिर कॉमर्स कर लो फर्नीचर की दुकान है हमारी, उसे बड़ा बनाओ।"

पलाश ने शांत भाव से कहा "पापा, मैं आर्टिस्ट बनना चाहता हूँ और इसके लिए औपचारिक पढ़ाई आवश्यक है। सिर्फ शौकिया तौर पर कूची चलाने से आगे नहीं बढ़ पाऊँगा। आर्ट की दुनिया बहुत बड़ी है, जिसके बारे में कॉलेज जाकर ही सीखने को मिलेगा। फिर पर्व है तो, उसकी इसमें रुचि भी है। वह आपका बिजनेस आगे ले जाएगा।" लेकिन पलाश के पिता को यह मान्य नहीं था। ऊपर से बेटे के पक्के इरादे और समझाने वाले भाव ने उनके अहं को थोड़ी-सी ठेस भी पहुँचा दी थी। उन्होंने तुरंत तिलमिलाकर गुस्सा पत्नी पर निकाला- "तुम्हारे लाड़ले को आर्टिस्ट बनना है। और रखो बच्चों के कलाकारों वाले नाम। बोलने में ही दिक्कत! तुम्हारे पिता ने शायद जानबूझ कर रखे थे। हर साल तुम्हारे पिता छुट्टियों में दोनों को फूल, झील, पहाड़ दिखाते रहे, अब भुगतो।" माँ को लेकर पलाश संवेदनशील था। "पापा, माँ और नाना जी का क्या कसूर है? आप प्लीज मुझे मौका दीजिए, कुछ नहीं बन पाया तो बिज़नेस में आपकी और पर्व की मदद करूँगा।" अंतत: उसके पिता मान गए और पर्व तो इसी बात से खुश हो रहा था कि उसे बना बनाया बिज़नेस भाई की दखलंदाज़ी के बगैर मिल जाएगा।

पलाश ने फाइन आर्ट्स में बैचलर और मास्टर्स दोनों उपाधियाँ प्राप्त की। शिक्षा के दौरान राज्य-स्तरीय प्रदर्शनियों, प्रतियोगिताओं में भाग लेते हुए हर बार पुरस्कार राशि, प्रशस्ति-पत्र हासिल किए। ऐसी ही एक प्रतियोगिता के प्रथम पुरस्कार स्वरूप उसे विदेश जाकर अन्य कलाकारों के साथ काम करने का मौका मिला था। इससे एक कलाकार के रूप में उसकी भूख और भी बढ़ गई थी, परंतु इसे आर्थिक रूप से पूरा करने के लिए उसकी बँधी-बँधाई तनख्वाह नहीं थी। वह अपनी कलाकृतियों के बिकने का इंतज़ार करे तो भी आय में अनिश्चितता तो थी ही।

"तुम कॉलेज में ही अप्लाइ क्यों नहीं कर देते? फाइन आर्ट के शिक्षक बन जाओ। अभी शायद वेकेन्सी भी निकली है। या किसी स्कूल में? कम से कम एक निश्चित आय तो होती रहेगी, जिससे तुम अपने भविष्य के सपने पूरे कर सकोगे।" – उसकी करीबी दोस्त आयरा गरम

चाय का गिलास उसे थमाते हुए बोली थी। दोनों अकसर इंडिया कल्चरल सेंटर के प्रांगण में मिलते थे और वहाँ बनी लकड़ी की बेंच पर बैठकर घंटों चर्चा किया करते थे। आयरा अपना चाय का गिलास लेकर पलाश के करीब बैठ गई और पलाश के कुछ कहने की उम्मीद में उसे एकटक देखती रही। वह उसके सपनों के बारे में जानती थी।

आयरा और पलाश दिल्ली के कॉलेजों के फेस्टिवल के दौरान पहली बार मिले थे। एम्फ़ीथिएटर में चल रहे अलग-अलग कॉलेजो के नाटकों को देखने अन्य छात्रों के साथ वे दोनों भी दर्शक दीर्घा में बैठे हुए थे। आयरा के हाथ में वॉयलिन का केस देख पलाश के मन में उत्सुकता जागी थी। पलाश को अपनी तरफ देखता देख आयरा ने ही पहल की थी, "हाय, मैं आयरा। जर्नलिज़म पढ़ रही हूँ। संगीत पढ़ना चाहती थी, वह पेरेंट्स को नहीं समझ में आया और नहीं माने, तो एक डिग्री उनके लिए जुटा रही हूँ और मेरा पॅशन मेरे लिए!" फिर वॉयलिन की तरफ इशारा करते हुए उसने कहा - "इन दिनों मोज़ार्ट की धुनें सीख रही हूँ। जाज़ संगीत भी सीखना चाहती हूँ।" अचानक पलाश को लगा कि कोई उससे उसी भाषा में बात कर रहा है, जिसे वह समझता है। पहली ही मुलाकात थी, पर उसे बहुत सहज लगा था अन्यथा पलाश को किसी से भी खुल कर बात करने में काफ़ी वक्त लगता था। आयरा की अंजीरी रंग की आँखे उसकी जुबान से भी ज्यादा बोल रही थी। उसके गहरे भूरे बाल उसने घूमा कर ऊपर की ओर क्लच में फँसा कर रखे थे और उनमें से फिसल कर लटें बार-बार उसके चेहरे पर आ जातीं, जिन्हे वह अपने हाथों से कानों के पीछे कर लेती। वह अब पलाश के बोलने का इंतज़ार कर रही थी। शाम की ढलती धूप में भी उसके गाल सुर्ख हो गए थे। होंठों पर मुस्कान और आँखों में प्रश्न लिए वह पलाश को देख रही थी, फिर बोली- "अब आपने अपना नाम नहीं बताया तो शायद मैं आपको 'पंडित शिव कुमार शर्मा' यही नाम दे दूँगी। वैसे कभी किसी ने आपको बताया कि आप उनके जैसे दिखते हो? या फिर उनके बेटे.... राहुल शर्मा।" पलाश की आँखों में आश्चर्य देख कर, आयरा हँस पड़ी और बोली, "जी भारतीय संगीत में भी रुचि

है मेरी।" और पलाश झेंप कर बोला, - "मैं पलाश, फाइन आर्ट्स फायनल ईयर में, और हाँ कॉम्पलीमेन्ट के लिए शुक्रिया। पंडित शिवकुमार शर्मा और राहुल शर्मा दोनों ही को सुनता हूँ।" फिर थोड़े संकोच के साथ पलाश ने कहा, "आपको पता है, आप हँसतीं हैं, तो आपके गालों में डिम्पल पड़ते है। फबते हैं आप पर।" और पलाश खुद हैरान हो गया कि उसने पहली ही मुलाकात में यह बात कैसे कह दी। लेकिन आयरा की प्रतिक्रिया ने उसे सहज कर दिया था। "सच?" वह खिलखिला कर हँस पड़ी थी। "मुझे तो पता ही नहीं था!" – पलाश की तरफ देखते हुए आयरा ने कहा था और दोनों हँस पड़े थे। धीरे-धीरे कला प्रदर्शनियों, पुस्तक मेलों, नाटक और संगीत समारोहों में मिलते हुए उनकी मित्रता प्रगाढ़ होते-होते प्रेम में बदल गई थी।

"पलाश, कहाँ खो गए?" – चाय पीते हुए आयरा ने फिर पूछा, "क्या सोचा है कॉलेज में फाइन आर्ट्स पढ़ाने के बारे में?" चाय का गिलास थामे, शून्य में ताकते हुए पलाश को जब आयरा ने झकझोर कर पूछा, पलाश ने जवाब दिया- "आयरा, यदि मैं कोई भी नौकरी करता हूँ, तो मेरी रचनात्मकता रुक सी जाएगी। हाँ, सरकारी या प्रायवेट कंपनी के बड़े प्रोजेक्ट मिलने पर अच्छा पैसा मिल जाता है और रचनात्मकता भी बनी रहती है। पर जब मुझे पोट्रेट बनाने के काम मिलतें हैं, पापा का जुमला याद आ जाता है, "फिल्मों के पोस्टर बनाओगे?"

"पलाश!! तुम कब से अपनी कला को लेकर लज्जित होने लगे? और थोड़ा तो प्रैक्टिकल एप्रोच रखो, कला के जगत में आगे बढ़ने के लिए पैसे तो चाहिए ही न?" – आयरा ने अधिकार जताते हुए डाँटा। "जो भी काम मिल रहा है, उसे करो।"

"तुम ठीक कह रही हो, पता नहीं मुझे क्या हो जाता है।"- पलाश ने चाय का घूँट पीते हुए कहा। "तुम्हारी यही तो सीधी-साधी पारदर्शिता मुझे तुमसे बाँधे रखती है।" आयरा ने मुस्कुरा कर कहा था.

कला जगत में अपने आप को स्थापित करने के लिए पलाश काफी समय से संघर्ष कर रहा था। ज़्यादातर उसके बड़े कामों के बीच का

अंतराल बहुत लंबा हो जाता। इस बीच उसके भाई पर्व ने दुकान को बड़ा बनाकर फर्नीचर के एक शानदार शो-रूम में बदल दिया था। चूँकि व्यवसाय अच्छा चल रहा था तो पर्व का विवाह भी तय हो गया। पलाश अब घर के ऊपर वाले कमरे में शिफ्ट हो गया था। उसके छोटे-बड़े कैनवास, रंग के डिब्बे और ट्यूब, ब्रश, इज़ल, फ्रेमिंग की लकड़ियाँ, औज़ार आदि वैसे भी सभी को अड़चन से लगते थे। आने वाली नई बहू के स्वागत के लिए घर को भी नए सिरे से सजाया जा रहा था। दोनों भाइयों की आर्थिक स्थिति में अंतर आ गया था। सार्थक बने रहने के लिए पलाश अब घर के छोटे-मोटे काम करता, पोर्ट्रेट बनाने से जो पैसा मिलता वह सारा का सारा घर पर दे देता। उसे लगता आर्थिक योगदान न हो तो घर में इज़्ज़त नहीं होगी। हालाँकि अपने चित्रों की नई श्रृंखला पर काम करने के लिए उसे और भी कैनवास, नए रंगों की जरूरत थी, जिसके लिए उसने चित्रकारी की ट्युशन देने का फैसला लिया। उसे बस एक मौका चाहिए था, अपने कामों को सही लोगों तक पहुँचाने का। उसकी माँ को पलाश का चित्रकार होना अच्छा लगता परंतु उसका इतना लंबा संघर्ष देख वह चिंतित हो कर पूछती "बेटा, रात को अपनी आँखें फोड़ कर काम कर रहे हो, इतना सारा काम इकट्ठा कर लिया है, अपने घर के व्यवसाय में नहीं तो, कला के क्षेत्र में ही कोई नौकरी कर लो। वह चाहती थी, पलाश नियमित रूप से कमाए, तो पिता का रूखापन भी चला जाएगा, जिनकी नज़रों में वह असफल बेटे से अधिक कुछ नहीं था। पलाश समझाता, "माँ नौकरी करूँगा तो रचनात्मकता खो जाएगी। सृजन के लिए मानसिक और शारीरिक ऊर्जा चाहिए, मौलिक रूप से नहीं सोच पाऊँगा। आप चिंता मत करो, अब मैं लोगों को पेंटिंग सीखाऊँगा तो मेरा वक्त भी ज्यादा नहीं जाएगा और एक नियमित आय भी होगी।" माँ रूआँसी हो जाती, "अब क्या तुम घर-घर जाकर लोगों को सीखाओगे?" पलाश चुप रह जाता।

इसी बीच आयरा ने एक न्यूज चैनल में नौकरी कर ली थी और उसी के प्रयत्नों से पलाश को कोलकाता एयरपोर्ट पर एक बड़ा काम मिला।

एयरपोर्ट की बड़ी-बड़ी दीवारों पर तात्कालिन स्थापित कलाकारों के अमूर्त आधुनिक कामों को दर्शाया जाना था। आयरा ने पलाश के कामों की तस्वीरें प्रोजेक्ट मैनेजर को दिखाई थीं। उन्हे पलाश के काम बहुत पसंद आए थे। काम मिलने पर पलाश दो-तीन महीनों के लिए कोलकाता चला गया। वहीं पर उसकी मुलाकात अजिंक्य से हुई, वह स्वयं कलाकार था। बहुत दोस्ताना और बातूनी। अजिंक्य विदेशों में भी अपनी कलाकृतियाँ भेज चुका था। बातों-बातों में पलाश ने उसे अपनी तैयार श्रंखला के चित्रों की तस्वीरें दिखाई, जो अभी तक प्रदर्शित नहीं हुई थी। अजिंक्य ने पलाश की कलाकृतियों में बहुत रुचि ली और उससे कहा, "अपनी इन पेंटिंग्स की तस्वीरें मुझे ई-मेल से भेज दो, इन्हे विदेशों की आर्ट गॉलरी में भेजता हूँ। काफी विदेशी आर्ट कलेक्टर्स को भी मैं जानता हूँ। तुम्हारा काम उन्हे जरूर पसंद आएगा।" पलाश कितने ही दिनों से अपने कामों को सही लोगों तक पहुँचाना चाहता था और अपनी तरफ से कोशिश भी कर रहा था लेकिन उसे उपयुक्त मौका और वक्त नहीं मिल पा रहा था। अजिंक्य की बातें सुनकर उसने बड़े उत्साह से उसने अपनी कलाकृतियों की तस्वीरें अजिंक्य को भेज दी। इसके बाद पलाश हवाई अड्डे के प्रस्थान की नियत दीवारों पर अमूर्त चित्रकारी में जुट गया।

तीन महीने बाद कोलकाता से काम कर पलाश वापिस दिल्ली लौटा तो बहुत खुश था। उसके काम से कोलकाता के कला जगत में उसके नाम की चर्चा हुई थी और बहुत अच्छी धनराशि भी प्राप्त हुई थी जिससे वह अपने सपने पूरे करने की ओर बढ़ सकता था। घर पर इन सब बातों से अनजान चाय पीते हुए पिताजी ने तंज किया, "घर की पुताई तुम्हीं से करवा लेते, यूँ ही पैसा बर्बाद किया।" पलाश को कुछ समझ नहीं आया, उसने अपने पिता की तरफ देखा। पिता ने उसे पल भर देखा फिर पलाश की माँ की ओर मुखातिब होकर बोले, "अरोड़ा साब मिले थे सुबह वॉक पर, कलकत्ता गए थे बिजनेस के सिलसिले में। पूछ रहे थे, 'पलाश एयरपोर्ट की दीवारें पोत रहा था। घर का बिजनेस क्यों नहीं जॉइन कर रहा?' बेटे का अपमान होते देख तिलमिला कर पलाश

की माँ ने चाय का कप ज़ोर से टेबल पर रखा और कहा, "बस कीजिए। कला की कदर करना नहीं जानते तो चुप रहिए। आसान नहीं होता है एक आर्टिस्ट होना। अरोड़ा जी को सही जवाब देने बजाय बेटे को ताने मार रहे हो?" पलाश को पिता के तानों से ज्यादा माँ के लिए दुःख हुआ जो उसके सपनों को समझती थी। उसने माँ का हाथ पकड़ा और मुस्कुराकर उन्हे शांत होने का इशारा किया। तभी आयरा का फोन आ गया "मुझे जल्दी से गुलमोहर आर्ट गैलरी में मिलों।"

"क्या हुआ?"-पलाश ने पूछा। "बस तुम आ जाओ, वहीं बताती हूँ, अपनी आँखों से ही देख लेना।" – आयरा की आवाज में बेचैनी थी।

पलाश वहाँ पहुँचा और देखा गुलमोहर में कुछ कलाकारों की चित्रकला प्रदर्शनी लगी थी। आयरा वहीं थी। वह उसे खींचती हुई अंदर ले गई। अंदर जाते से ही वह हैरान रह गया, जब सामने वाली दीवार पर उसे अपनी ही अप्रदर्शित कलाकृतियों से बेहद मिलती जुलती दो पेंटिंग्स दिखी, जिनकी फ्रेम पर लाल गोल बिन्दी लगी हुई थी। अर्थात वह बिक चुकी थी। पलाश जड़वत् खड़ा रह गया। "तुमने किसी को दिखाई थी क्या अपनी पेंटिंग्स?"- आयरा उसकी बाँह थामे उसे कब से पूछे जा रही थी। "पलाश, यह तो तुम्हारी 'सिटी केऑस' श्रंखला की पेंटिंग्स में से है, जिस पर तुम पिछले साल भर से काम कर रहे थे, अपनी एकल प्रदर्शनी के लिए। पलाश, यह तो तुम्हारा काम !" – अपनी आँखों में विस्मय और दुःख लिए वह कभी पेंटिंग की ओर तो कभी पलाश की ओर देखती। पलाश ने आयरा की तरफ देखा, फिर वह चित्रों के और करीब गया, "आयरा, आर्टिस्ट ने तो मेरा स्टाइल कॉपी करने की पूरी कोशिश की है, दस से बीस प्रतिशत बदलाव के साथ उसने सब कुछ वैसा ही बनाया है.... अजिंक्य!" उसे कोलकाता एयरपोर्ट पर अजिंक्य से हुई मुलाकात याद आ गई।

पलाश को दिल्ली के कला क्षेत्र में सभी जानते थे, उसने कला वीथिका के हेड से बात की। लेकिन उनसे भी कुछ नहीं हो पाया क्योंकि, लोगों के सामने अजिंक्य का काम पहले आ गया था। जब इस बात की चर्चा होने लगी तो अखबार और क्षेत्रीय टीवी चैनल पर अजिंक्य

ने कहा, "कला के क्षेत्र में आपका काम अच्छा हो और उसकी चर्चा हो, तो कई दूसरे कलाकार कहते है कि यह तो मूलतः उनका काम था, आप कुछ नहीं कर सकते। चलिए उन्हे पब्लिसिटी चाहिए तो ले लेने दीजिए।" – पलाश को एक ही पल में, हैरानी, धोखा, लुटे जाने का एहसास हुआ और सबसे ज्यादा स्वयं पर गुस्सा आया था। हमेशा की तरह पलाश ने अपनी भावनाओं को अपनी रचनात्मकता में झोंक दिया और दुगने उत्साह से नए काम में जुट गया।

एक इतवार की शाम उसने आयरा को घर बुलाया। छत पर बने कमरे के आगे फायबर शीट डाल कर पलाश ने खूबसूरत सिट-आउट बनाया था और गमलों में पाम, क्रोटन, मौसमी फूल के पौधों के साथ साथ, अपराजिता, मधुमालती की बेलें भी लगाई थी। वह कमरा और सिट-आउट वही उसका घर और स्टूडियो बन गए थे। माँ अकसर ठंड मे उसके लिए चाय बनाकर लाती और चुपचाप उसे पेंटिंग करते देखती।

शाम के धुंधलके में आयरा अपना वॉयलिन साथ लेकर पहुँची। उसने सोचा था पलाश की पसंदीदा जाज़ धुन बजाकर उसका उत्साहवर्धन करेगी। परंतु वहाँ का दृश्य देखकर वह अचंभित हो गई। सिट-आउट में लैम्प की मद्धम रोशनी में, दो कुर्सियाँ और छोटी सी मेज लगी हुई थी, जिस पर नीले रंग की चाय की केतली, पास ही दो कप, और प्लेट में एक बड़ा तिकोनी केक रखा हुआ था। अंदर आयरा की पसंद, केनी जी का संगीत चल रहा था। पलाश के कंधे तक झूलते घुँघराले बाल, ढीली सफेद शर्ट, भूरी कार्गो पतलून और गहरे भूरे रंग के सैंडल, ये रूप जो आयरा को बेहद पसंद था, देखकर आयरा के पूरे शरीर में एक तरंग सी दौड़ गई। वह कुछ समझ नहीं पा रही थी। "आओ आयरा" पलाश ने मुस्कुराते हुए उसका स्वागत किया और उसे कुर्सी पर बिठाया।

चाय और केक के साथ दोनों के बीच बातचीत का सिलसिला शुरू हुआ, और पलाश ने स्वयं ही अजिंक्य की प्रदर्शनी का जिक्र करते हुए कहा, "आयरा, अच्छे आर्टिस्ट कभी ऐसा नहीं करते। गलती मेरी है, जो

मैं भावावेश में आकर अपनी अप्रदर्शित चित्रों की तस्वीरें उसे भेज बैठा। इंटेलेक्चुअल कॉपीराइट को लेकर कोर्ट में केस लड़ूँ भी तो वक्त और पैसा, दोनों ही जाएगा और मेरे पास दोनों ही नहीं हैं। मुझे बहुत कुछ सार्थक और अच्छा काम करना है, और क्या तुम इसके लिए मेरे साथ चलोगी, हमेशा के लिए?" कहते हुए पलाश अपनी जेब से एक खूबसूरत अँगूठी निकाल कर, घुटनों पर बैठ गया। "आयरा, मुझसे शादी करोगी? मेरे रंगों में संगीत भरोगी?" आयरा की आँखों में खुशी के आँसू आ गए, उसका इंतजार अचानक ऐसे खत्म हो जाएगा उसने सोचा नही था। उसने गर्दन हिला कर हामी भरी और पलाश ने अँगूठी उसे पहना कर आलिंगनबद्ध कर लिया। शाम के धुंधलके में, दोनों अब एक ताकत बन कर नए सफर के लिए तैयार थे। दोनों विवाह करना चाहते है, इस बात से पलाश की माँ बहुत प्रसन्न हुई थी। आयरा के माता पिता को भी पलाश पसंद था।

विवाह के पश्चात पलाश कभी विभिन्न शिक्षण संस्थाओं में, कभी कला केंद्रों में चित्रकारी से संबंधित प्रशिक्षण देता। कभी किसी सरकारी अथवा निजी संस्थाओं के लिए उनकी आवश्यकताओं अनुसार चित्र बनाकर देता और उसकी अच्छी आमदनी हो जाती। आयरा दिन भर न्यूज़ चैनल में काम कर घर लौटती। आयरा की नियमित और पलाश की अनियमित आय से दोनों का घर अच्छे से चलने लगा था। रात में जागकर पलाश अपनी कला सँवारता। कभी आयरा भी उसके साथ वॉयलिन का रियाज़ करती, कभी कॉफी बनाकर लाती।

"आयरा, मुझे ऐसे ही काम करना होगा, दिन भर अपने हुनर से पैसा कमाने की कोशिश, और रात को अपने अंदर के कलाकार को बनाए रखने की कोशिश। मेरे रंगों और लफ्ज़ों को दुनिया में अपनी बुलंद पहचान के साथ स्थापित होना है।" – एक दिन पलाश ने कहा।

"ज़रूरर होगा ऐसा, और हमारे इस सफर में अब शायद नन्हा पलाश या नन्ही आयरा भी जल्द ही साथ आ जाए!" – आयरा ने जब ये कहा तो पलाश की खुशी का ठिकाना नहीं रहा। कुछ समय के बाद आयरा

ने जुड़वा बेटों को जन्म दिया। बच्चों की नानी और दादी बारी-बारी से देखभाल करने पहुँच जाती।

पलाश और पर्व की सोच और जीने के तरीकों में बहुत फरक था, पलाश और आयरा जहाँ संगीत, कला, नाट्य, पुस्तक चर्चा, सांस्कृतिक और ऐतिहासिक जगहों के बारे में जानने और घूमने में दिलचस्पी रखते थे, वहीं पर्व व्यवसाय को बढ़ाने में लगा हुआ था। दुनिया की उस परिभाषा में वह बहुत सफल था जो घर, गाड़ियों, और महंगी जीवन शैली से नापी जाती थी। मेहनत दोनों कर रहे थे, परंतु व्यवसायी पिता का झुकाव पर्व की ओर ज्यादा रहा। लेकिन पलाश शांति से अपने हिस्से की जिम्मेदारियाँ निभाता रहता था। उसे पता था, कला को व्यवसाय के रूप में स्थापित करना, या कला से रोज़ी-रोटी कमाना आसान नहीं है। वह अकसर आयरा से कहता, "इसके लिए दो-तीन पीढ़ियाँ लग जाती है। महान संगीतज्ञों को देखो, पहली पीढ़ी के संघर्ष के बाद, दूसरी पीढ़ी को सिर्फ अपनी कला में लगातार अच्छा साबित होना होता है। सर्वाइवल या रोज़ी-रोटी की इतनी चिंता नहीं होती है।" कुछ समय बाद पलाश और आयरा ने अपना एक छोटा सा मकान ले लिया और दोनों अपनी ज़िंदगी में बहुत खुश थे। साल गुज़रते गए, उनके बच्चे अब किशोर वय के हो गए थे। तकनीकी जग में क्रांति हो रही थी, सोशल मीडिया से दुनिया एकदम सिमट-सी गई थी। सबकी ज़िंदगी खुली किताब हो गई थी। परंतु पलाश इन सबसे दूर, रात भर जागकर अपने कैनवास चित्रित करता, उसे कला के अमूर्त और प्रभाववाद की विधाओं को लोगों के सामने लाना था।

पलाश और आयरा जी जान से अपनी नई श्रृंखला को प्रस्तुत करने की तैयारी में लगे हुए थे। पलाश के करीब तीस कैनवास चित्रित होकर तैयार थे। अपने पिछले कटु अनुभव के बाद, इस बार पलाश ने अपनी नई श्रृंखला का एक भी चित्र किसी को नहीं दिखाया था और ऑनलाइन कला मंच से भी दूर रहा। आयरा ने अपने संगीत रियाज़ को जारी रखा था। दोनों ने शहर के प्रतिष्ठित सांस्कृतिक संस्थान, 'इंडिया कल्चरल सेंटर' के खुले मंच पर अनोखे अंदाज़ में पलाश की आने वाली एकल

प्रदर्शनी का परिचय देने का तय किया था। आयरा वॉयलिन पर स्वरचित धुनें बजाएगी जिसके साथ जुगलबंदी करते हुए पलाश अपने कैनवास पर कुचियों से रंग भरेगा। पलाश और आयरा दोनों ने अपने बच्चों के स्कूल के इम्तिहान होने के बाद मार्च के महीने के चौथे रविवार की रात को जुगलबंदी का कार्यक्रम तय किया था। फिर दो दिन बाद वीथिका में सात दिवसीय एकल प्रदर्शनी का उद्घाटन होने का निश्चित हुआ था। सब कुछ व्यवस्थित हो रहा था। मुख्य अतिथि और अन्य मेहमानों को निमंत्रण भेजे जा चुके थे। कला वीथिका की तरफ से अखबारों में आगामी प्रदर्शनी और जुगलबंदी के कार्यक्रम की खबर छप चुकी थी। जैसा आमतौर पर होता है, ऐसी महफिलों के बाद आयरा ने ज़रूरी जलपान की व्यवस्था भी कर ली थी।

"पलाश, विदेशी कला प्रेमी भी होंगे, इसलिए चाय और कॉफी के साथ केक और सैंडविच के लिए बोल दिया है। प्रदर्शनी के उद्घाटन की शाम पर वाइन भी होगी।" – आयरा ने पलाश के घुँघराले बालों में हाथ घुमाते हुए कहा। पलाश ने उसे कंधों से थाम कर कहा था, "आयरा, तुम मेरी ताकत हो। हमने अपना सब कुछ इसमें झोंक दिया है। मेरे चित्र लोग खरीदे या न खरीदे, उन तक मेरी बात पहुँचनी चाहिए। मैं चाहता हूँ, लोग कला को समझना सीखे। कलाकार की सोच को जाने।"

"पलाश, थोड़ा रहस्य रहने दो। अ लिटिल मिस्ट्री शुड सराउन्ड एन आर्टिस्ट। और तुम्हारे चित्र लोगों को समझ आए न आए, वो उन्हे अचंभित करेंगे, सोचने को मजबूर करेंगे और वो ठिठक कर देखेंगे। यही बात तो तुम्हें बाकी कलाकारों से अलग करती है।" – आयरा ने कहा। पलाश खुद अपने कार्य और व्यक्तित्व के आकर्षण से अनजान था। भावनाओं में बह कर जीने वाला पलाश दुनियादारी में स्वयं को असहज पाता परंतु उसे अपनी कला पर और आयरा पर पूरा भरोसा था। दोनों जुगलबंदी की तैयारियों में जुटे हुए थे कि अचानक दोनों बच्चे "माँ, पापा" चिल्लाते हुए आए और बोलने लगे, "कल तो जनता कर्फ्यू लगेगा पूरे देश में! पैन्डेमिक की वजह से! टीवी पर देखो!!" पलाश और

आयरा सन्न रह गए। आयरा ने चैनल से छुट्टी ली हुई थी और दोनों ही प्रदर्शनी से सम्बन्धित कामों में अति व्यस्त थे इसलिए खबरों से दूर थे। "कल का जुगलबंदी कार्यक्रम कैन्सल???" – आयरा ने चिंतित हो कर मोबाइल उठाया और फोन लगाना शुरू किया, अपने ऑफिस में, कला वीथिका के दफ्तर में। फोन या तो व्यस्त आ रहे थे, या कोई उठा नहीं रहा था। "दिल्ली में अभी से कर्फ्यू लग गया क्या?" परेशान हो कर आयरा ने कहा। पलाश दोनों हाथों में अपनी ठोड़ी फँसा कर पहले टीवी पर खबरें देखता रहा, फिर अपने आप को संयत कर, उसने आयरा से कहा, "चिंता मत करो, हम प्रदर्शनी के उद्घाटन वाले दिन ही जुगलबंदी प्रस्तुत कर देंगे।" हालाँकि उसे अपने ही शब्दों पर विश्वास नहीं हो रहा था। कहीं न कहीं उसे यह एहसास हो रहा था कि जो बात दिख रही है उससे ज्यादा गंभीर और गहरी है।

"पलाश, अब क्या करे? अभी प्रदर्शनी कैंसल कर दे क्या? दो दिन है हमारे पास, सभी को सूचित कर सकते है। कम से कम बुकिंग की आधी राशि तो मिल जाएगी।" – कहते हुए आयरा रूआँसी हो गई। सोलह वर्ष के वैवाहिक जीवन में उसने पहली बार हिम्मत खोई थी। आर्थिक समस्याएँ, कलाकार के रूप में पलाश का लंबा संघर्ष, सब चल ही रहा था लेकिन वह कभी भी हताश नहीं हुई थी। पलाश ने बच्चों को टीवी बंद कर अपने कमरे में जाने को कहा और आयरा के कंधों पर हाथ रख उसे अपने सामने बिठाया और उसके हाथ पकड़ कर मुस्कुरा कर कहा, "हम अभी कोई भी निर्णय लेने की स्थिति में नहीं है। थोड़ा रुक कर देखते है, और हम अपनी तरफ से शो कैंसल नहीं कर रहे हैं, तो पैसे नहीं डूबेंगे। तुम चिंता मत करो।" अगले दो दिन कोरोना महामारी के बारे में पढ़ते और जानते हुए निकल गए। इटली में इस वायरस से होने वाली मौत की खबरें तो आ रही थी पर दुनिया के कई देशों में लोग अभी भी इस महामारी से अनजान थे। पलाश को याद आया कि प्रायवेट कंपनी में कार्यरत उसके एक दोस्त ने फरवरी में अपने मलेशिया के ऑफिस टूर को इसी कारण से कैंसल कर दिया था। परंतु भारत में तब सब कुछ सामान्य चल रहा था. मार्च के महीने

में जनता कर्फ्यू के बाद प्रधानमंत्री ने लॉकडाउन की घोषणा कर दी। सब कुछ ठप्प, सब कुछ बंद। पहले तो लोगों को लगा कि ये कुछ ही दिनों की बात है, परंतु धीरे धीरे दुनिया भर से आने वाली मृत्यु की खबरें लोगों का दिल दहलाने लगी। पलाश की आय के सारे ज़रिए बंद हो गए। वह और उसका परिवार भी घर में कैद होकर रह गए थे। खाने की वस्तुओं तक को छूने से भी इंसान डरने लग गया था। अब जीवित रहना ही सबसे बड़ा संघर्ष हो गया था। न्यूज़ चैनल में काम करने की वजह से आयरा को काम पर जाने की अनुमति थी। पलाश उसके स्वास्थ को लेकर बहुत चिंतित था।

"तुम चिंता मत करो, पलाश। मेरा फील्ड जॉब नहीं है। ऑफिस में बैठ कर ही काम करना होता है, एडिटिंग का।" – आयरा उसे समझाती। फिर भी पलाश का मन हर पल व्याकुल रहता। और जिसका डर था वही हुआ, आयरा को कोविड हो गया। आयरा एक कमरे में सिमीत हो गई। पलाश ने तुरंत बच्चों को भी उनके कमरे में ही रहने की हिदायत देकर, आयरा की तीमारदारी, घर की सफाई, खाना बनाना, बच्चों की पढ़ाई सब में खुद को झोंक दिया। आयरा कमजोर हो गई थी परंतु बीमारी से बाहर निकल आई। सभी को घर बैठ कर ऑन लाइन काम करते देख पलाश ने भी ऑन-लाइन पेंटिंग सिखाने की कोशिश की, परंतु उसे तो गहराई से कला सिखाना आता था। "आयरा, लोगों को पेंटिंग सिर्फ टाइम-पास के तौर पर या लॉक-डाऊन की वजह से हुई बोरियत दूर करने के लिए सीखनी है। मुझे अपना सिखाने का ढंग बदलना पड़ेगा।"

आयरा जब पलाश जैसे वारिष्ठ और उच्च दर्जे के कलाकार के साथ शौकिया तौर पर या वक्त काटने के लिए सीखने वालों का व्यवहार देखती तो उसे बहुत बुरा लगता पर वह कुछ नहीं कहती क्योंकि उन दिनों कमाया हुआ एक-एक पैसा महत्वपूर्ण था। आयरा ने पुन: अपने दफ्तर जाना शुरू कर दिया था। धीरे-धीरे लॉक-डाऊन भी खुलने लगे थे। परंतु शिक्षण संस्थान और निजी कंपनियों में कार्यरत लोग घर से इंटरनेट द्वारा जुड़ कर ही काम कर रहे थे। यह सब अनिश्चित काल

तक चलने वाला प्रतीत हो रहा था। कुछ महीने यूँ ही बीत गए थे। स्थिति सामान्य होते से ही कुछ कला वीथिकाओं ने कलाकारों को नई तारीखों के साथ अपने चित्रों को प्रदर्शित करने आमंत्रण दिया था। "पलाश, आएगा कौन देखने?" आयरा ने तटस्थता से कहा, "अब तो खुश होने में भी डर लगता है।" आयरा का डर सच में तब्दील हो गया। अभी अनिश्चितता के दौर में जी ही रहे थे कि साल भर बाद कोविड की दूसरी लहर ने देशभर में हाहाकार मचा दिया। चारों ओर मौत का तांडव सा चल रहा था। टीवी पर खबरें सुनते-सुनते लगभग प्रत्येक परिवार में कोविड महामारी अपना विकराल रूप लेकर पहुँच गई थी। पलाश की माँ, आयरा के पिता और भाई तीनों इसकी चपेट में आ गए थे। उन्हे बचाने के लिए, पर्व, पलाश और आयरा तीनों ने ज़मीन आसमान एक कर दिया परंतु दुर्भाग्य से उन्हे नहीं बचा सके। एक महीने के अंदर परिवार के तीन सदस्य चल बसे थे। कौन किसे सांत्वना दे? सबके आँसू सूख गए थे। संवेदनाएँ खत्म-सी हो गई थी।

आयरा एक सप्ताह के भीतर अपने पिता और भाई दोनों को खो बैठी थी। वह अपनी माँ को अपने पास ले आई, पर आयरा भीतर से टूट चुकी थी। पलाश को ज़िंदगी में पहली बार एहसास हुआ, रंगों ने उसका साथ छोड़ दिया है। माँ उसके जीवन में एक स्तम्भ थी। पलाश सोचने लगा "मुझे कला से सन्यास लेकर पर्व के साथ व्यवसाय में जुट जाना चाहिए। कम से कम आयरा आर्थिक संघर्षों से तो दूर रहेगी, परंतु पैसा भी कहाँ बचा पाया था जाने वालों को? कोविड की महामारी के चलते सभी व्यवसाय मंद हो गए थे। उसका अंतरद्वन्द चलता रहता। "क्या दे पाई कला मुझे? दिल्ली के बड़े कला संग्रहालयों के दालानों में मेरे बनाए चित्र टँगे हैं। कुछ सरकारी काम मिले और प्रशस्ति पत्र। प्रतिष्ठित संस्थाओं से पुरस्कार भी मिल। परंतु अभी भी मैं वहाँ नहीं पहुँच पाया हूँ, मेरी शैली अंतर्राष्ट्रीय स्तर पर स्थापित हो जाए। और मेरे काम भी अंतर्राष्ट्रीय स्तर पर कला के कदरदानों द्वारा देखा जा सके और एक आर्थिक निश्चिंतता के साथ जी सकूँ। शायद मेरा प्रवास यहीं तक हो। लेकिन यह प्रवास अब मेरे अकेले का कहाँ? यह तो आयरा

का भी है। तो मैं अकले इसे रोकने का निर्णय कैसे ले सकता हूँ? आयरा को संभालना ज़रूरी है। वह एकदम चुप सी हो गई है। माँ और आयरा ये दोनों ही तो थे, जिन्होंने मेरी कला को समझा और साथ दिया। माँ ने तो दुनिया छोड़ दी और आयरा इस दुनिया में होकर भी नहीं है।" कोविड-ग्रसित दुनिया के तौर-तरीकों को समझने की कोशिशों में पलाश जूझ रहा था। अपने विचारों की उधेड़बुन में पलाश अपने और आयरा के लिए चाय बनाने उठा। बारिश हो रही थी, आयरा चुपचाप खिड़की के बाहर बरसते पानी को देख रही थी, उसके अंदर तो सब सूख-सा गया था। काँच पर बहती अनगिनत बूँदें मानो उसके दुःख को बयान कर रही थी। पास ही उसका वॉयलिन पड़ा था जिसे देखकर अचानक पलाश को याद आया कि आयरा ने प्रदर्शनी के दौरान पार्श्व संगीत के लिए, संगीत की स्वरचित धुनों को वॉयलिन पर बजाकर रिकॉर्ड किया था और पलाश के जन्मदिन पर बेहद रूमानी अंदाज में उसे तोहफे के रूप में अपनी रिकॉर्डिंग पेन ड्राइव में सँजों कर दी थी। उसे उस दिन का सारा घटनाक्रम याद आ गया।

कोविड की महामारी के पहले, फरवरी का महीना था। बच्चे स्कूल गए हुए थे, पलाश इज़ल पर रखे अपने कैनवास के सामने बैठकर अपनी एक कलाकृति को अंतिम रूप दे रहा था कि अचानक उसे अपने कमरे में से वॉयलिन पर विवाल्डी की धुन सुनाई दी। आयरा जब भी खुश होती थी, इन्हे बजाती या इन धुनों पर थिरकने लगती थी और कहती, "पलाश, यूरोप के पुराने शहरों के चौक और गलियों में घूमना है, तुम्हारे गुस्ताव, डाली, पिकासो को जानना है।"

"आयरा को ऑफिस नहीं जाना? अभी क्यों वॉयलिन बजा रही है?" – सोचते हुए पलाश फिर से अपने वॉर्निश का ब्रश कैनवास पर घूमाने लगा, लेकिन वॉयलिन पर धुन आगे बढ़ती गई, और पलाश के हाथ उसी धुन पर ब्रश घुमाने लग गए, पलाश रोमांचित हो उठा। वही क्षण था जब उसे जुगलबंदी का खयाल आया था। ब्रश किनारे पर लाकर उसने टर्पन्टाइन के डिब्बे में डुबोया, और हाथ पोंछते हुए अपने कमरे में गया, तो अचंभित रह गया। सुबह की हल्की पीली-सफेद रोशनी में,

खिड़की के पास खड़ी होकर आयरा आँखें बंद कर तन्मयता से वॉयलिन बजा रही थी। उसके गहरे भूरे बाल, उसके खुले कंधों पर झूल रहे थे, जो सूरज की रोशनी में कहीं कहीं से सुनहरे होकर उसके चेहरे पर उड़कर आते फिर लौट जाते, मानो तस्वीर बना रहे हो, कंधे पर बँधे फूँदो से उसकी ड्रेस भी घुटनो तक लहरा रही थी. खिड़की के पास रखी छोटी-सी गोल मेज पर चाय की नीली केतली में से निकलती भाप, दो कप, प्लेट में केक का तिकोना टुकड़ा रखा हुआ था। बिस्तर सलीके से बना हुआ था जिस पर जूट के कपड़े में लिपटा एक तोहफा रखा हुआ था। पलाश आयरा के करीब पहुँचा, उसके खुले कंधों पर सूरज की रोशनी चमक रही थी। पलाश की आहट सुनते ही, आयरा ने धीरे से अपनी आँखें खोली। पलाश ने उसके कंधों को चूमा और उसकी ठोड़ी उठाकर उसके अधरों को हल्के से चूमा, "क्या बात है, आयरा?" आयरा मुस्कुराई - "जन्म दिन की सुनहरी सुबह मुबारक हो, मेरे चित्रकार!" और उसे खिड़की के पास वाली बड़ी सी आरामदेह कुर्सी पर बिठाया फिर दौड़कर बिस्तर पर रखा हुआ तोहफा लेकर आई। उसे देते हुए कहा, "पलाश, मैंने कुछ अपनी धुनें और कुछ तुम्हारी पसंदीदा धुनों को वॉयलिन पर बजा कर रिकॉर्ड की है जो तुम अपनी एकल प्रदर्शनी में लगा सकते हो। इन धुनों के साथ तुम्हारे चित्र दीवारों पर अकेला महसूस नहीं करेंगे। वहाँ भी हम साथ रहेंगे!" पलाश ने उसे अपने करीब ले लिया और उसके कानों में धीरे से कहा "तुम मेरी ज़िंदगी हो।" मुस्कुराते हुए आयरा ने उसके कंधों पर अपना सिर रख दिया था।

पिछले वर्ष के इस खूबसूरत घटनाक्रम को याद करते से ही, पलाश एक नए उत्साह से भर गया। उसने मन ही मन एक दृढ़ निश्चय किया और खिड़की के पास बैठी आयरा के हाथों को अपने हाथों में लेकर बोला, "सब कुछ ठीक होगा।" उनकी प्रदर्शनी रद्द हुए साल भर के ऊपर हो गया था। इस बीच, जीवन की सारी परिभाषाएँ बदल सी गई थी। कोविड की दूसरी लहर से उबरने के बाद जब कला क्षेत्र में प्रतिष्ठित संस्थानों ने कलाकारों के लिए कुछ नियमों के साथ थोड़े

अंतराल पर कला वीथिकाएं पुन: शुरू कीं, पलाश ने तुरंत अपनी एकल प्रदर्शनी का निर्णय ले लिया। कला वीथिकाओं की शर्त थी कि उद्घाटन समारोह नहीं होंगे, मीडिया में विज्ञापन नहीं दिए जाएँगे। मुख्य उद्देश्य भीड़ एकत्रित नहीं होने देना था। कलाकार निजी तौर पर लोगों को बता सकते है, फिर भी एक समय में कुछ ही लोगों को वीथिका में प्रवेश की अनुमति थी। यह सब बहुत कठिन था, परंतु और कोई चारा नहीं था। पलाश आयरा के चेहरे पर मुस्कान लाना चाहता था, उसे पुन: जीवन में लाना चाहता था। सब कुछ अलग था, हमेशा की तरह सहायकों का भी मिलना भी मुश्किल हो रहा था। पलाश के पास अनुभव की पूंजी थी, वह जुट गया। बारी-बारी से वह एक बेटे को आयरा और उसकी माँ के के पास छोड़ जाता, एक बेटे को साथ लेकर जाता। पलाश ने स्वयं ही सारे कैनवास दीवारों पर टाँगे, वीथिका के प्रवेश द्वार के पास मेज पर अपने पिछले साल की तारीख छपे हुए ही ब्रोशर रखे। यह सारे काम करते हुए वह पार्श्व में आयरा की वॉयलिन पर बजाई हुई धुनें सुनता। वह संगीत उसे आयरा के सपने को जीवित रखने की ऊर्जा देता।

पलाश ने अपने कला क्षेत्र के सभी मित्रों, साथी कलाकारों, वरिष्ठों को अपनी एकल प्रदर्शनी के बारे में बता दिया था। वह सोचता, "कहीं यह एकदम ही एकल ना हो जाए।" फिर वह विचार झटक देता। अब तो इस प्रदर्शनी का उद्देश्य आयरा को ठीक करना था। आयरा इस बात से पूरी तरह अनजान थी। वह वैसे भी अधिकतर सोती रहती या चुपचाप घर के काम करती। उसे अपने ऑफिस से अवकाश मिला हुआ था।

कला वीथिका सज चुकी थी। एक तरफ पलाश की अमूर्त कला के चित्र जिनमे नीले, धूसर, सफेद रंग गहराई हुए उसके बचपन का कश्मीर उसके अंतर्मन के लफ्जों के साथ जीवन की ललक दिखा रहे थे। दूसरी तरफ प्रभाववाद की विधा में पेस्टल और विपरीत रंगों का इस्तेमाल करते हुए चित्र कठिन वर्तमान परंतु उज्जवल भविष्य इंगित कर रहे थे।

"जैसा आयरा चाहती थी, वीथिका बिल्कुल वैसी ही सेट की है सर।"
– पलाश ने राष्ट्रीय सम्मान प्राप्त और फ्रांस के सर्वोच्च कला पदक से सम्मानित, वरिष्ठ कलाकार और अपने गुरु इंद्रनील मुखर्जी का स्वागत करते हुए कहा। पलाश उनका प्रिय छात्र था। उसका हुनर तो बेमिसाल था ही लेकिन पलाश के अंदर की गहरी संवेदनाएँ और सूक्ष्म से सूक्ष्म भावना महसूस करने की क्षमता, उन्होंने कॉलेज के दिनों में ही पहचान ली थी। "वक्त लगेगा, पर तुम सृजन करते रहो।" वो अकसर कहते, "एकत्रित होने पर ही लहरों में उफान आता है, बेटा.... कलेक्टिव एनर्जी !" और वह उसके कान्धे पर थपकी देते हुए उसका हाथ पकड़ कर उसके चित्रों को सूक्ष्मता से देखने लगे। "पेरिस में मोंमात्र ज़रूर जाना, आयरा को लेकर।" उन्होंने बीच में ही रुककर पलाश की ओर देखते हुए कहा।

"जी" कहकर पलाश ने नजरे झुका ली, उसका मन तो यूरोप के उन सारे देशों में जाना था जो बड़े-बड़े कलाकारों की जन्म भूमि है, पर ऐसा अभी संभव ही नहीं था। महामारी का प्रकोप नहीं होता शायद तब भी नहीं। उसके गुरुजी की अनुभवी आँखों ने उसकी मनोदशा को भाँप लिया, और मुस्कुरा कर कहा, "जाओगे, जाओगे और जल्द ही।"

प्रतिदिन कुछ लोग आते, चित्रों को देखते और चले जाते। पलाश आयरा की वॉयलिन पर बजती धुनों को सुनता और दिन भर अकेला बैठे हुए कुछ न कुछ लिखता रहता।

सप्ताहांत आया और आज वह बेसब्री से अपने पूरे परिवार का इंतजार कर रहा था। शाम को उसके पिता, भाई का परिवार आयरा और उसकी माँ को लेकर आने वाले थे। वह अपने पसंदीदा पहनावे में था, जो आयरा को भी पसंद था। लिनन की ढीली सफेद शर्ट, खाकी पतलून और पैरों में सैंडल। अब वक्त के साथ हरी आँखों पर चश्मा लग गया था। सुबह घर से निकलते वक्त जब उसने आयरा को माथे पर चूमा था, वह उसे देखती रह गई थी, मानो कुछ कहना चाह रही हो। पलाश के दिल में टीस-सी उठ गई थी। उसने आयरा को बाँहों में

थामा और कहा, "शाम को गॅलरी में मिलना स्वीटहार्ट, पर्व और पापा तुम्हें लेने आएँगे। तुम, माँ और बच्चे सब साथ आना।"

सुबह से ही बारिश हो रही थी। उसके गैलरी पहुँचते ही गुरुजी का फोन आया था, "बेटा पलाश, गैलरी में ही हो ना?"

"जी" पलाश ने कहा पर उस वक्त कुछ समझ नही पाया था। उसी के बाद, फ्रेंच मेहमान उसके चित्रों की देखने आए थे।

वीथिका के चारों और लंबे-चौड़े काँच के दरवाजों पर बरसात की बूंदे रुक रुक कर लुढ़क रही थी। पार्श्व में आयरा के वॉयलिन पर मधुर जाज़ बज रहा था, जिस पर बाहर गुलमोहर, और पाम के वृक्ष झूमते से प्रतीत हो रहे थे। पलाश बेसब्री से सबके आने का इंतजार कर रहा था।

शाम को पाँच बजे के करीब, पलाश और आयरा के दोनों बच्चे अपनी माँ का हाथ पकड़े गैलरी में दाखिल हुए। पीछे-पीछे आयरा की माँ, पलाश के पिता, पर्व उसकी पत्नी और बच्चें सभी अंदर आ गए। पलाश उन्हे देखते ही अपनी कुर्सी से उठ खड़ा हुआ और उनकी ओर बढ़ा। आयरा आज भी वैसी ही तैयार हुई थी, जैसी वह पलाश के जन्मदिन पर तैयार हुई थी और पलाश को अपना संगीत उपहार में दिया था। अपने पिता के हाथ में आयरा का वॉयलिन केस देखकर पलाश हैरान रह गया। "आज उसे यहाँ बजाने दो, उसका अधूरा सपना, उसे पुन: लौटा लाएगा बेटा।" - माँ के जाने के बाद पिता भी नरम हो गए थे।

पलाश ने सभी को गोल घेरा बनाकर रखी हुई कुर्सियों पर बैठने के लिए कहा। फिर स्वयं बीच में खड़े होकर बोला - "आप ये सारी पेंटिंग्स देख लीजिए। कल सुबह उतर जाएगी।" फिर जेब से चेक निकाल कर उसने आयरा की ओर देखा, तो वह अपनी कुर्सी पर नहीं थी। पलाश ने घबराकर वीथिका में सब ओर नजर घुमाई, तो दूसरे छोर से आयरा उसे तेज कदमों से अपनी ओर आते हुए दिखाई दी, उसकी आँखों से अनवरत अश्रुधार बही जा रही थी। पलाश को एहसास हो गया उसने सबकी फ्रेम पर लाल बिंदी देख ली थी।

"पलाश, पलाश ! ....सब ?" वह लगभग दौड़ती हुई उसकी बाँहों में समा गई। "हाँ, आयरा सारी की सारी" – कहकर पलाश ने उसे मजबूती से थाम लिया। वह फफक कर रो पड़ी। पलाश की आँखें भी छलक आई। पूरे परिवार ने ताली बजाकर पलाश और आयरा को शुभकामनाएँ दी। पलाश के पिता ने आँखों के कोरों से अपने आँसू पोंछे, ऊपर की ओर देखकर कहा "सुनो, मुझे गर्व है, अपने कलाकार बच्चों पर।"

"माँ, पापा जुगलबंदी ??" दोनों बच्चों ने चहक कर पूछा।

आयरा की वॉयलिन पर बजती धुनों से वीथिका गूँज उठी, जिस पर पलाश की कूची एक नए कैनवास पर रंग बिखेर कर थिरक रही थी।

---:---